Editora Charme
SÉRIE AMOR EM L.A. - 3
Tudo ou Nada
AUDREY HARTE

Título original : The winner takes it all

Este livro é uma obra de ficção e qualquer semelhança com qualquer pessoa, viva ou morta, qualquer lugar, eventos ou ocorrências, é pura coincidência. Os personagens e enredos são criados a partir da imaginação do autor ou são usados ficticiamente. O assunto não é apropriado para menores de idade. Por favor, note que este romance contém situações sexuais explícitas e consumo de álcool e drogas.

1ª Impressão 2020

Produção Editorial - Editora Charme

Capa e Projeto gráfico: Verônica Góes

Tradução: Laís Medeiros

Revisão: Equipe Charme

Foto de capa: Depositphotos

FICHA CATALOGRÁFICA ELABORADA POR
Bibliotecária: Priscila Gomes Cruz CRB-8/8207

H327t Harte, Audrey
Tudo ou Nada / Audrey Harte; Tradutor: Laís Medeiros;
Capa e Produção Gráfica: Verônica Góes – Campinas, SP:
Editora Charme, 2020. (Série Amor em L.A; 3).

176 p. il.
Título Original: The winner takes it all
ISBN: 978-65-5056-008-9

1. Ficção norte-americana, 2. Romance Estrangeiro -
I. Harte, Audrey. II. Medeiros, Laís. III. Góes, Verônica.
IV. Título.

CDD - 813

Editora Charme

www.editoracharme.com.br

Editora Charme

SÉRIE AMOR EM L.A. - 3

Tudo ou Nada

AUDREY HARTE

Dedicatória

Para você que já começou a escrever um livro e pensa que não consegue finalizá-lo: você pode. Apenas continue escrevendo. Não importa se acha que está uma porcaria; apenas escreva. Coloque no papel. Você pode consertar depois. O que importa é que continue escrevendo.

Capítulo 1

— Eu vou enfiar bolinhas de gude na sua boca como se você fosse a Eliza Doolittle, de *Minha Bela Dama*. Você precisa abrir a boca e enunciar suas vogais.

David Campbell era um homem baixinho e encorpado de quarenta e poucos anos, que trabalhava como treinador vocal há quinze. Annie o encontrou buscando anúncios no site Craigslist (olha que surpresa). Após contatá-lo, baseando-se em suas avaliações, ela quase mudou de ideia em relação a aceitar a oferta generosa de seus pais para pagarem por aulas de canto, como presente de aniversário. Annie não estava certa se seu pai tinha completa noção do quanto essas aulas poderiam custar. Não que ela o estivesse acusando de ser mão de vaca, mas ele era econômico até demais.

Surpreendentemente, Alexander Chang nem ao menos piscou. Ele apenas perguntou para onde deveria enviar o cheque. O coração dela transbordou de gratidão e afeição. Annie tinha medo de que seus pais não a apoiassem na busca por essa oportunidade. Apesar de esse ser seu maior sonho, ela pensou que, já que ela queria tanto, eles a mandariam se virar. O apoio deles significava que ela teria melhores chances de chegar às finais.

As aulas de canto estavam sendo de grande ajuda. Após dois meses de treino com David, ela já podia ouvir uma melhora precisa em suas habilidades e técnicas vocais, seu apoio respiratório estava ficando mais forte, e ele a estava ensinando como alcançar notas altas sem prejudicar as cordas vocais.

— Annie, você deveria conseguir enfiar três dedos na boca enquanto canta. Não vou parar de enfatizar o quanto é importante que *abra a sua boca*. Vamos lá, ponha três dedos na boca. Vamos ver como fica.

Annie obedeceu e colocou três dedos em um lado da boca, como ele instruiu. Sua mandíbula estalou, fazendo-a estremecer e retirar os dedos.

— Isso é muito desconfortável — ela protestou.

David balançou a cabeça e gesticulou para mandá-la colocar os dedos de volta. Revirando os olhos, ela obedeceu conforme ele começava a tocar a introdução da música que vinham ensaiando naquela semana. Ele acenou com a cabeça no ritmo da canção ao tocar as notas iniciais.

Ao ouvir sua deixa, Annie respirou fundo e começou a cantar. Cantar sempre foi o jeito mais rápido de fazê-la se sentir equilibrada novamente. Deixando-se levar sem esforço pelo verso já conhecido, ela acariciou cada nota com amor conforme passavam por seus lábios. Para ela, não havia sentimento mais feliz do que quando estava cantando. Quanto mais emoção pudesse transmitir em uma música, melhor. Ela amava tudo, desde pop alegre e tranquilo a baladas profundas e tristes cheias de paixão e angústia.

A música que ela estava cantando, *Impossible*, de Shontelle, era uma balada R&B poderosa. Ela amava o modo como podia ondular suas cordas vocais acima e abaixo do alcance conforme cantava cada "*impossible*".

Após enfrentar mais duas rodadas de canto com os dedos na boca, Annie soltou um suspiro de alívio quando David finalmente balançou a cabeça para demonstrar sua satisfação.

— Muito melhor, Annie — ele disse solenemente. — Agora, vamos fazer novamente. Dessa vez, sem os dedos.

Ela estava mais consciente quanto a abrir bem a boca e pôde ouvir a diferença que isso fez... sutil, mas boa o suficiente. Quando terminou, estremeceu ao sentir os arrepios subirem pelos braços. Era bem empolgante treinar com um profissional que podia ajudá-la a ser a melhor cantora possível. Isso a fazia se sentir bem mais confiante quanto às chances de chegar às finais e, talvez, ter a oportunidade de vencer.

Annie pegou sua bolsa e acenou para se despedir antes de fechar a porta atrás dela. Assim que chegou à pequena calçada que levava à rua, Katie estacionou seu novo SUV Lexus. Era polido, preto, brilhante e sexy para caramba, e Annie estava morrendo de inveja. Katie estava com a agenda cheia com trabalhos de modelo, um atrás do outro, com a *Guess* e a *Marc Jacobs*, e decidiu se presentear com um carro novo. Annie sabia que faria o mesmo se algum dia chegasse a ter a mesma fortuna.

Ao entrar e sentar no banco do passageiro, ela se inclinou em direção à Katie para lhe dar um beijo na bochecha.

— Oi, amiga — Katie cumprimentou quando Annie fechou a porta e começou a colocar o cinto de segurança.

— Oi! Obrigada por vir me buscar e me levar até o mecânico. Eu pegaria um Uber, mas já que estou tentando economizar dinheiro...

— Calada, mocinha. Eu te darei carona sempre que puder. Além disso, estou aproveitando qualquer desculpa para dirigir meu novo bebê.

Annie sorriu para sua amiga e se acomodou no banco de couro luxuoso, inspirando profundamente o cheiro de carro novo. A música *You Make Me Wanna*, de Usher, estava tocando suavemente ao fundo, e assim que Katie se afastou da beira da calçada, ela aumentou o volume, inundando-as com a riqueza do estilo vocal aveludado do artista de R&B.

— Nossa, faz muito tempo que não ouço essa música.

— É um clássico — Katie disse, meio na defensiva.

— Definitivamente um clássico — Annie concordou. — Então, o que vai fazer no fim de semana?

— Eu tenho um encontro hoje à noite, e amanhã vou para uma festa em uma casa em Malibu. Você quer ir?

— Eu adoraria, mas o voo do Casey chega esta noite, e só teremos amanhã para ficarmos juntos antes que ele tenha que ir embora de novo.

— Então leva ele com você! Ou vocês planejam ficar na cama o dia todo? — Katie balançou as sobrancelhas e sorriu de forma sugestiva.

Annie deu um tapinha no ombro da amiga em resposta.

— Cala a boca. Eu não sou, tipo, uma ninfomaníaca. Eu sei exercitar meu autocontrole.

Katie bufou.

— Quanta balela!

Gargalhando, Annie assentiu.

— Tudo bem, tudo bem. Talvez eu não tenha tanto autocontrole quando se trata dele, mas você pode me culpar?

— De jeito nenhum. Casey é um espécime de homem delicioso.

— É mesmo, e ele é todo meu — Annie disse, convencida, envolvendo-se com os próprios braços conforme pensava em seu namorado sexy. — Às vezes, ainda é difícil de acreditar. Até me belisco, quando estou com ele.

— Você realmente deu sorte. Espero que esse cara que vou conhecer seja tão doce quanto o Casey, e ao menos metade da delícia que ele é.

Annie gargalhou novamente.

— Bem, boa sorte com isso.

— Nossa, valeu! — Katie falou com sarcasmo, mostrando a língua para Annie.

— Você não viu alguma foto dele?

— Vi, mas, em pelo menos metade dos casos, esses caras não são tão bonitos pessoalmente como nas fotos.

— Verdade — Annie concordou com um aceno empático. — Então, quem é o cara desta noite?

— Antonio... ele é brasileiro. Tem um restaurante em Beverly Hills.

— Hummm... parece lindo e rico. Ele vai te levar para jantar no restaurante dele?

Katie balançou a cabeça, conforme estacionou em frente ao mecânico.

— Não, vamos apenas tomar uns drinques no Villa Blanca.

Annie assobiou, impressionada.

— Esse não é um dos lugares que pertencem a Lisa Vanderpump, da série *The Real Housewives of Beverly Hills*?

— Aham. Segundo o Antonio, ele é amigo da Lisa. Veremos.

— Legal. Bem, depois me conta como foi! E obrigada de novo pela carona.

— Por nada e, sim, vou te mantendo atualizada. Você vai comigo para Malibu amanhã ou não?

— Vou ver com o Casey esta noite para saber o que ele acha. Posso te dizer depois?

— Sim, vou ficar acordada até tarde. Ou você pode me avisar logo cedo de manhã, mas não deixe de me dizer para que eu possa comunicar a Andrea.

— Ah, é uma festa da Andrea? Por que não me disse logo? Eu vou convencer o Casey a irmos. Mas te darei uma resposta mais certa amanhã.

Andrea Rodriguez era uma fotógrafa talentosa e renomada mundialmente, que já trabalhara com Annie e Katie em várias ocasiões. Ela tinha uma personalidade vivaz e cheia de energia, um olho aguçado para fotografia de alta moda e um coração enorme. E, para completar, dava festas na praia incríveis. Sempre havia alguma celebridade ou outra marcando presença, o que mantinha as coisas interessantes.

Inclinando-se sobre o console, Annie deu um abraço e um beijo rápido na bochecha de Katie, e desceu do SUV, fechando a porta atrás dela.

Ao dirigir-se à porta da oficina mecânica, Sako, o proprietário, surgiu, lançando-lhe um sorriso enorme.

— Oi, Annie. Que bom vê-la de novo — ele a cumprimentou.

— Oi, Sako. Como vai? — Annie sorriu com ternura para o velhinho.

Ela frequentava sua oficina há anos, e sabia que podia sempre contar com a honestidade dele. Ele não era como tantos mecânicos que se aproveitam de mulheres que traziam seus carros, dizendo-lhes que precisavam de todo tipo de serviço desnecessário.

— Bem, bem. Seu carro está pronto — ele disse, acenando para o Grand Am de Annie, que estava estacionado ao lado da oficina.

— Ótimo! Obrigada. Você descobriu o que havia de errado com ele?

— Sim, era a válvula sobre a qual te falei antes. Lembra da última vez que tentamos limpá-la?

— Ah, sim, eu me lembro. Então você a substituiu dessa vez?

— Substituímos, mas não te cobrei por isso, já que limpamos na última vez.

— Que bom, valeu. Agradeço por isso. — Annie seguiu-o pela loja para pagar a conta. Ela havia acabado de entregar seu cartão de crédito a Sako quando seu celular tocou. Ao olhar para a tela, viu que era Casey. — Oi.

— Oi, princesa. Acabei de pousar, mas ainda não estamos no portão. Onde você está?

— Estou buscando meu carro no mecânico. Ainda irei para sua casa hoje?

— Sim, devo chegar lá em mais ou menos uma hora. Mal posso esperar para te ver.

Rabiscando sua assinatura no recibo, Annie sorriu novamente para Sako e sussurrou um "obrigada" antes de pegar suas chaves e sair da oficina.

— Mal posso esperar para te ver também — ela disse, entrando no carro. — Eu sei que faz apenas algumas semanas, mas parece que faz meses.

— Eu sei, e sinto muito por não poder voltar para Los Angeles para te ver. Kayla agendou ensaios em todos os meus dias de folga.

Annie mal conseguiu conter o ranger de dentes ao ouvir o nome da pop star. Ela sabia que isso eram apenas negócios para Casey, mas não confiava em Kayla, nem um pouco.

— Claro que ela agendou. Tudo bem, amor. Eu entendo. Te vejo logo, ok?

— Ok. Te amo.

Ouvir Casey proferir seu amor a fez sorrir de novo. Ela sabia que ele a amava, mas ainda estava se acostumando a ouvi-lo dizer isso.

— Também te amo. Tchau.

Uma hora depois, Annie estava completamente presa no trânsito ao sul da Interestadual 405, rangendo os dentes para sua velocidade atual de oito quilômetros por hora.

— Essas pessoas idiotas não percebem que faz uma eternidade que não vejo o meu namorado e tenho apenas dois dias com ele antes que ele desapareça novamente?! — gritou, frustrada, mesmo que ninguém pudesse ouvi-la. — Argh! Eu odeio o trânsito de Los Angeles!

Resmungando, Annie recostou-se contra o apoio para a cabeça do banco do carro e respirou fundo algumas vezes para tentar se acalmar, antes que explodisse em lágrimas. Dificilmente ela era do tipo que passava raiva no trânsito engarrafado, mas, nesse caso, o tempo estava realmente contra ela. Após levar mais quinze minutos para percorrer outro quilômetro, ela finalmente ligou para Casey, a fim de atualizá-lo.

— Finalmente! Vou abrir a porta para você — ele começou assim que atendeu ao telefone.

— Eu ainda não cheguei — ela grunhiu.

— O quê? Onde você está?

— Presa na porra da Interestadual 405.

— Ah, cara... quanto tempo mais você acha que vai levar?

Annie suspirou ao olhar para o relógio do painel.

— Não sei... acabei de passar da Sunset, mas estou, literalmente, parada nesse momento. Talvez eu chegue daqui a meia hora, mais ou menos.

— Tudo bem. Você chegará a tempo. Vou tomar um banho, tá? Me ligue quando chegar.

— Ah, eu quero tomar banho com você! — ela reclamou. — Droga de trânsito dos infernos!

— Ah, é? Está pensando naquela vez em que tomamos banho juntos em São Francisco?

— Hummm... sim, talvez eu esteja pensando nisso — Annie disse, sonhadora, sendo distraída momentaneamente dos carros lentos à sua frente.

— Talvez eu vá pensar nisso também enquanto tomo banho.

De volta à realidade, Annie protestou:

— Olha aqui! Nada de se tocar antes de eu chegar. Você deveria esperar por mim.

Casey grunhiu, e Annie mordeu o lábio ao fechar os olhos por um breve momento. Ela podia imaginá-lo se acariciando no chuveiro, uma mão apoiada contra a parede, a outra envolvendo com firmeza seu pau grosso e inchado.

— Você joga tão sujo — ela choramingou.

— Te vejo quando chegar aqui, princesa.

— Não se toque! — ela vociferou e encerrou a ligação.

Como Annie previu, levou mais ou menos meia hora até ela finalmente entrar na rua de Casey e começar a procurar onde estacionar. Ela deu um gritinho de comemoração ao encontrar um espaço perto do fim do quarteirão, e prendeu a respiração ao começar a temida tarefa de tentar estacionar corretamente em um lugar bastante apertado, conseguindo encaixar o carro após girar o volante algumas vezes.

Soltando um suspiro de alívio, Annie puxou o retrovisor e encarou sua imagem por um minuto. Sua maquiagem ainda estava boa, mas ela teve que esfregar as leves rugas que viu em sua testa. Franzir o rosto durante o tempo em que ficou presa no engarrafamento não fez bem algum para sua pele. Após enrolar por um momento antes de sair do carro, ela mordiscou o lábio, ansiosa.

— Por que estou tão nervosa? — murmurou para si mesma.

Ela já estava namorando Casey há uns dois meses, mas, durante a maior parte desse tempo, eles estiveram separados, por causa da turnê como dançarino de Kayla. O trabalho começou como temporário, para que ele substituísse Kyle, um dos dançarinos regulares que se machucou durante um dos ensaios, mas Casey acabou provando rapidamente para Kayla o quanto era bom, e ela lhe ofereceu um trabalho permanente em sua turnê.

Isso era ótimo para a carreira e a conta bancária de Casey, mas era uma tortura para Annie. Ela já havia testemunhado como Kayla gostava de flertar nos bastidores, após o show em São Francisco para o qual Annie foi para vê-lo se apresentar, e apesar de ela confiar em Casey, com Kayla era outra história. Ela não ficaria surpresa se descobrisse que a jovem estrela havia tentado de tudo para convencê-lo a ficar. Na verdade, considerando a maneira de agir de Kayla, Annie não tinha certeza se ela ao menos tinha noção de que ele estava indisponível. A loira linda mal percebeu que Annie estava ali com ele — foi isso ou ela apenas havia escolhido tratar Annie como se ela fosse invisível. E ela parecia ser um tipo de mulher que faria de tudo para ter as coisas do seu jeito.

Expulsando de sua mente os pensamentos nada bem-vindos, Annie pegou sua bolsa e saiu do carro, e então andou em direção ao prédio de Casey. Quando ele abriu a porta e sorriu para ela, todo gostoso, todas as suas preocupações se esvaneceram com aquele único olhar reconfortante.

— Você veio sem pressa, hein, princesa — ele disse, com os braços torneados cruzados sobre o peito enquanto a encarava, desfazendo o sorriso.

— Sério? — Ela estapeou seu braço e o empurrou, mas ele não se moveu um centímetro, porque era uma parede de tijolos, se comparado a ela. — Eu fiquei presa no pior engarrafamento da história para vir até aqui te ver, e você resolve encher o meu saco? Sério mesmo?

Ele deu risada e a puxou para si antes que ela conseguisse estapeá-lo novamente, fechando a porta atrás deles.

— Pode apostar — ele murmurou antes de reivindicar os lábios dela, silenciando-a com sucesso, instantaneamente fazendo-a derreter contra ele e deixar sua bolsa cair no chão.

Muito cedo para seu gosto, ele interrompeu o beijo, e Annie precisou de um momento para se recompor ao tentar forçar seu coração acelerado a se acalmar. Como ele fazia isso com ela com apenas um beijo? Em todas as vezes, ele aniquilava seus sentidos, deixando-a desnorteada e desequilibrada, enquanto ele apenas ficava diante dela sorrindo, claramente curtindo o efeito que tinha sobre ela. Como estava fazendo naquele momento.

— Ai! — ele reclamou, retraindo-se com deboche quando ela espalmou a mão em seu peito e tentou empurrá-lo. — Por que fez isso?

— Você, você... você, aff, você me enlouquece só com a droga de um beijo e depois fica aí, sorrindo para mim como se fosse o maioral, porque você sabe que é. Você realmente beija bem pra caramba, e eu aprecio e me aproveito muito desse fato. Mas você não tem que ficar aí me olhando como se *soubesse* que é tudo isso.

— Mas eu sei que sou tudo isso e mais um pouco — Casey se gabou, com aquele seu sorriso lindo pra caramba.

— Viu! É disso que eu estou fal... — Annie começou a dizer, mas ele pousou um dedo em seus lábios para calá-la.

— Fique quieta e me deixe falar. O que eu quis dizer é que eu sei que sou o maioral, mas é por sua causa.

— Ah... — ela respondeu, mas, então, franziu a testa. — Espera aí, eu não entendi. Explique.

— Ok. Eu me sinto ótimo quando estou com você. Você me faz sentir que sou tudo, como se eu fosse capaz de fazer qualquer coisa. Você me faz sentir o maioral. É tudo por sua causa.

— Bem. — Ela bufou. — Acho que não dá para ficar brava por isso.

— É melhor não ficar — ele provocou, baixando a cabeça para beijar os lábios dela mais uma vez antes de dar um tapinha em sua bunda. — Vamos comer alguma coisa. Estou morrendo de fome. Depois, voltaremos para que eu possa comer a minha sobremesa. — Ele piscou, fazendo-a dar uma risadinha.

— Parece perfeito — ela concordou, feliz.

Capítulo 2

Annie não conseguiu evitar seu gemido de pura satisfação após enfiar os dentes em um pão de alho recém-saído do forno, e lambeu os dedos para limpá-los após enfiar o restante da delícia fofinha em sua boca. Era seu segundo pãozinho, e ela foi logo esticando a mão para pegar o terceiro. Casey e ela estavam sentados a uma pequena mesa para dois no C&O Trattoria, seu restaurante italiano favorito, em Venice. Os murmúrios das conversas dos outros fregueses misturados ao som de música jovem criavam um ambiente charmoso que ela adorava.

— Melhor ir devagar com esses pãezinhos, ou não vai deixar espaço para a sobremesa — ele alertou.

— Sem sobremesa para mim. Estou feliz só por comer isso aqui. São como pequenos pedaços amanteigados de paraíso na minha boca.

— Sim, e com alho. Você se lembra de que vamos dormir na mesma cama esta noite, não é?

Annie gargalhou e empurrou o prato de pãezinhos para mais perto de Casey.

— Sim, então coma, querido. É melhor se juntar a mim.

— Não, obrigado. Estou tomando cuidado com os carboidratos — ele disse, balançando a cabeça.

Annie revirou os olhos.

— Isso é ridículo. Você já está incrível assim. Tem um tanquinho, pelo amor de Deus!

— E esse emprego está pagando o meu aluguel, então se eles dizem que preciso perder mais quatro por cento de gordura corporal, é isso que tenho que fazer.

— Eles? Eles quem? — Annie observou a reação de Casey, mas ele desviou o olhar e não disse nada. — Alô? Você vai me ignorar agora? — Ele continuou sem dizer nada, e pegou um pão de alho. Balançando a cabeça, ela suspirou. — Aham. Foi o que eu pensei. Kayla?

— Ela insistiu que eu me juntasse a ela em suas sessões de treino particular.

— Ah, eu aposto que sim. Então, vocês dois devem passar bastante tempo juntos agora.

— Annie, não é assim. Nossa relação é estritamente profissional — ele assegurou, franzindo a testa.

— Ela sabe que você tem namorada?

Annie sabia que estava começando a soar como uma namorada irritante, ranzinza, insegura e chata, mas não estava conseguindo ficar calada. Kayla era uma celebridade linda, bem-sucedida e talentosa, e queria Casey. Isso estava muito claro. Annie não fazia ideia se o interesse da estrela nele era puramente superficial e passageiro, mas ela não estava disposta a dividi-lo. E ela queria muito confiar nele, mas já havia se dado mal em relacionamentos mais de uma vez.

— Sim, ela sabe. Não tinha como ela não saber, já que eu falo de você o tempo inteiro.

Isso a fez parar.

— Você fala sobre mim?

— O tempo inteiro — ele repetiu, assentindo, e então sorriu. — E não é só para ela.

Apertando os lábios, Annie o olhou, pensativa. Ele parecia e soava sincero. Por fim, ela suspirou e pegou sua taça de vinho.

— Tudo bem. Desculpe pelo interrogatório. É que eu sei que, quando passamos muito tempo com alguém, sentimentos podem surgir. E nós não estamos nos vendo com tanta frequência... e eu nem poderia culpá-lo caso se interessasse por ela. Quer dizer, ela é linda, rica, talentosa...

— Dá para você parar? — Parecendo irritado, ele largou o pãozinho que estava prestes a morder e limpou as mãos com um guardanapo. — Preciso usar o banheiro. Com licença.

E antes que ela pudesse dizer qualquer outra palavra, ele empurrou sua cadeira para trás e ficou de pé, lançando-lhe um olhar irritado antes de se afastar.

Sentindo-se envergonhada e culpada, Annie deixou os ombros caírem. Ela não queria tê-lo pressionado daquele jeito, e agora sua insegurança havia conseguido irritar um dos caras mais gentis, doces, lindos e românticos que ela já esteve. *Muito bem!*

— Gostaria de mais alguns? — um garçom perguntou educadamente ao chegar à mesa, segurando uma bandeja enorme, com uma pilha amontoada de pães de alho frescos e quentinhos.

Annie aceitou, esperando enquanto ele colocava mais quatro pãezinhos em seu prato, mas ela gesticulou para a bandeja novamente, pedindo que ele continuasse. Ele a serviu com mais quatro, e ela lhe lançou um sorriso brilhante.

— *Gratzi*! — Annie disse, pegando mais um.

Três pães depois, Casey retornou à mesa e sentou-se novamente. Annie o encarou, nervosa, buscando sinais em seu rosto para descobrir se ele estava irado ou aborrecido, mas a expressão dele estava completamente neutra.

— Chega de interrogatório por hoje? — ele perguntou, erguendo uma sobrancelha ao olhá-la suavemente.

— Sim, sim, claro. Eu não queria ter te interrogado. Desculpe. — Ela mordeu o lábio e olhou para baixo, encarando as mãos cruzadas com força em seu colo.

Casey suspirou e esticou o braço para alcançar uma das mãos de Annie e puxá-la do seu colo, apertando-a gentilmente.

— Princesa, você precisa confiar em mim. Eu sei que não é fácil estar em um relacionamento com alguém que sempre está longe, mas esta é a minha vida agora, e espero que seja por muitos anos. É o que faço para viver.

— Eu sei, e confio em você. Sério mesmo. Eu só...

— Apenas continue confiando em mim. Ok? Juro que nunca farei nada para te magoar. Eu te amo. Lembra? — Casey apertou a mão dela novamente ao dizer isso, e então a puxou para seus lábios e beijou os nós dos dedos.

— Sim, eu me lembro. Também te amo. — Annie resolveu deixar de lado seus pensamentos negativos e cheios de dúvida e sorriu para ele. — Eu te amo tanto que guardei alguns pães de alho para você — ela provocou, com o brilho de volta aos olhos.

Ele riu e balançou a cabeça, e então lhe entregou um pão de alho. Ela deu uma risadinha e o pegou, já levando à boca para dar uma mordida, mas ele resmungou e balançou a cabeça negativamente para ela, indicando que não fizesse isso ainda, e pegou outro pãozinho. Então, ele cruzou seu braço com o dela, e ela pôde entender o que ele estava fazendo. Gargalhando, ela assentiu e mordeu seu pãozinho ao passo em que Casey mordia o dele, os dois com os braços entrelaçados, como recém-casados tomando champanhe.

— Bobo — Annie disse, sacudindo a cabeça para ele conforme desenrolavam os braços.

— É, mas você me ama.

— Amo mesmo — ela concordou, ao mesmo tempo em que o garçom se aproximou com o jantar.

— Então, como vão as aulas de canto? — ele perguntou antes de espetar um pedaço de frango grelhado com o garfo e enfiá-lo na boca.

— Ótimas! O David tem me ajudado muito a melhorar o tom e o controle do meu fôlego.

— Que máximo! Quer dizer então que está pronta para arrasar nos vocais?

— Acho que sim. — Ela deu de ombros.

— Hummm, isso não soa muito convincente. Você precisa ser mais confiante, ou vai ser engolida viva quando chegarmos a Nova York.

— Eu sei — ela disse, deixando os ombros caírem novamente.

— Annie, há um motivo que te fez chegar até aqui. Você nasceu para isso, e os jurados reconheceram esse fato. Agora você precisa acreditar em si mesma e tomar posse disso. Mostre a todos que lá é o seu lugar. Se não acreditar em você, ninguém mais irá.

— Tem razão. Mas eu acredito em mim mesma. Acredito que nasci para isso.

— Ótimo. Então continue acreditando. — Casey ergueu sua taça de vinho e ela imitou seu gesto. — Um brinde ao nosso sucesso! Nós vamos botar pra quebrar, baby. Nova York não sabe o que a espera.

— Isso mesmo! — ela concordou com um sorriso largo, e então os dois tomaram seus vinhos.

As únicas palavras que Annie teve que dizer foram "praia" e "Malibu" para Casey concordar em ser arrastado para a festa de Andrea. Conforme seguiam pela Pacific Coast Highway na Range Rover de Casey, Annie colocou a cabeça para fora da janela, fechou os olhos e aproveitou sol em seu rosto. Era um domingo perfeito. O céu estava azul-claro e a temperatura não estava insuportavelmente quente.

Ao chegarem à casa de Andrea, conseguiram permissão para entrar imediatamente. Casey mal havia estacionado quando uma morena peituda irrompeu porta afora, gesticulando e sorrindo amplamente para Annie.

— Ei, gata! Estou feliz por você ter vindo — ela disse ao chegar à porta do passageiro e abri-la, pegando a bolsa de Annie, que desceu para abraçar a amiga.

— Oi, Andrea! Muito obrigada por nos convidar. Estava sentindo falta das suas festas.

— E eu estava sentindo falta de ter você e Katie aqui. Vocês têm estado bem ocupadas ultimamente, e eu também tive dias muito cheios.

— Sim, você acabou de voltar da Austrália, não é? Eu vi as fotos no Instagram. Como foi lá?

— Deslumbrante, simplesmente deslumbrante. A Grande Barreira de Corais é inacreditável. Quero voltar lá o quanto antes, e você deveria ir comigo para que eu possa tirar fotos suas.

— Awn, você é um amor. Eu bem que queria, mas vou para Nova York mês que vem, e não sei exatamente quanto tempo ficarei lá.

Casey deslizou a mão pela cintura de Annie ao se juntar a ela, acenando com a cabeça educadamente para Andrea.

— Minha nossa, Annie! Quem é o bonitão? — ela perguntou com um sorriso enorme e simpático ao medi-lo dos pés à cabeça maliciosamente, fazendo Casey sorrir de volta para ela. — E quando poderei fazer um ensaio com ele?

Rindo, Annie balançou a cabeça para a franqueza de sua amiga fotógrafa.

— Este é o meu namorado, Casey — apresentou. — Casey, esta é Andrea, uma amiga minha e possivelmente a fotógrafa mais talentosa que conheço.

— Acho que ela não conhece muitos fotógrafos — Andrea brincou ao se aproximar para cumprimentar Casey com um abraço rápido e um beijo na bochecha. — Muito prazer em conhecê-lo, Casey. Seja bem-vindo a *mi casa*. Por favor, entrem para que eu possa oferecer uma bebida a vocês. O que vão querer? Margaritas? Martinis? Ou um pouco do meu ponche tropical secreto?

Annie olhou para Casey e sacudiu a cabeça quando Andrea mencionou o ponche.

— Se quer um conselho — ela sussurrou audivelmente —, não chegue perto desse ponche, a menos que queira acordar pelado em algum lugar da praia.

— Eu ouvi isso — Andrea avisou ao guiá-los para o interior da casa.

— Ela provavelmente vai tentar te convencer a posar nu para um ensaio. Espero que não se ofenda. Não é que ela queira dar em cima de você; ela só ama fazer ensaios nus. — Annie sorriu e deu de ombros, já se desculpando, mas Casey apenas riu.

— Acho que consigo me controlar — ele disse, com bom humor. — Eu consideraria um elogio.

Andrea virou-se para entregar a eles margaritas de morango.

— Não falaram nada, então escolhi por vocês. — Ela ergueu sua própria margarita e tocou sua taça nas deles. — Tim-tim!

Annie mal havia começado a dar um longo gole quando sua amiga animada disse:

— Na verdade, eu gostaria mesmo de fotografar vocês dois nus. Uau, não seria magnífico?

Quase engasgando, Annie cobriu a boca e precisou de um momento para se recuperar.

— Fico lisonjeada, Andrea, mas acho que ainda não estou pronta para documentar meu relacionamento de forma tão íntima.

Dando de ombros, Andrea tomou mais um gole de margarita e sorriu, como se dissesse "Não me julgue por tentar".

— Como quiser, meu amor. Mas se mudar de ideia...

— Não vamos — Casey retrucou com firmeza, sorrindo para Andrea ao erguer a taça. — E obrigado pelo elogio, mas prefiro que fique apenas para os meus olhos. — Ele envolveu Annie pela cintura com o braço para puxá-la para perto de si e beijou o topo da sua cabeça, fazendo-a sorrir e apoiar-se nele.

— Vocês são tão fofos! — Andrea exclamou. — Bem, eu ainda adoraria fazer um ensaio com vocês, mesmo vestidos. O que me dizem?

Trocando olhares com Casey, Annie deu de ombros antes de responder:

— Claro. Com roupas, sem problema.

— Maravilha! Vamos fazer isso agora!

— O quê? — Annie se sobressaltou, ao mesmo tempo em que Casey perguntou:

— Sério?

Andrea riu diante das expressões deles e assentiu.

— Sim, sério. Acredito que a espontaneidade pode ser um ingrediente poderoso para um ensaio fotográfico incrível. Vocês trouxeram roupas de banho, não é?

Annie assentiu devagar.

— Sim, eu estou usando um biquíni preto por baixo da roupa.

— Eu estou usando um calção de banho — Casey adicionou, mas Andrea sacudiu a cabeça.

— Tenho algo melhor para você usar. Venha comigo — ela chamou, e girou para ir em direção ao corredor e, depois, subir as escadas.

Annie e Casey a seguiram até o segundo andar, um pouco nervosos. Andrea desapareceu dentro de um closet e retornou um minuto depois, segurando uma peça de roupa pequena e preta. Ela a jogou na direção de Casey e disse:

— Aqui. Isso é muito melhor.

Casey olhou ceticamente para o material delicado antes de voltar a encarar a fotógrafa, que o observava com expectativa.

— Isso é uma sunga.

Assentindo, Andrea continuou a fitá-lo com uma sobrancelha erguida.

— Algum problema?

Ele tossiu um pouco e limpou a garganta, olhando novamente para o pedaço de tecido em suas mãos, e então ergueu o olhar para Annie, que estava tentando segurar uma risada, e voltou a encarar Andrea.

Tornando a fitar Annie, ele sorriu maroto para ela.

— Você está gostando disso, não é?

Ela não pôde evitar o sorriso presunçoso que lançou para ele.

— Eu não sei do que você está falando, mas essa parece ser uma sunga ótima. Seria uma pena desperdiçá-la, e geralmente, fotógrafos sabem o que é melhor para seus modelos.

— Aham — ele falou secamente, balançando a roupa de banho minúscula diante de Annie. — Você quer dizer o que é melhor para o prazer dos seus olhos.

Annie gargalhou e balançou a cabeça.

— Você acha que eu pedi que ela fizesse isso?

Casey também sacudiu a cabeça.

— Não, mas você parece estar gostando até demais.

— Ei, não tenho culpa se a minha amiga quer fotografar esse seu corpaço de sunga. Quem sou eu para atrapalhar a arte? — ela perguntou inocentemente, antes de sorrir para ele com doçura. — Acho que é melhor você ir colocar o seu figurino.

— Espertinha — ele disse, baixando a cabeça para lhe dar um beijo rápido antes de perguntar a Andrea se havia algum lugar onde pudesse se trocar. Andrea gesticulou para que eles a seguissem de volta ao andar de baixo.

Após acompanhar Casey até o banheiro social, enganchou o braço no de Annie e a puxou para a cozinha. Ela não perdeu tempo e foi logo enchendo Annie de perguntas, dando tapinhas divertidos em seu braço.

— Ok, responda rápido: onde você o encontrou?

— No estacionamento do trabalho.

— Sério? Como rolou? Me conta tudo o que aconteceu. Vamos lá, eu preciso de detalhes!

Annie gargalhou e balançou a cabeça.

— Se você me deixar falar, eu te conto!

Andrea encheu novamente suas taças com margarita e assentiu, indicando que ela podia continuar.

— Eu esbarrei com ele um dia, após o trabalho, e acabamos indo tomar um café e conversar. Saímos para mais um café depois dessa primeira vez, e ele acabou conseguindo um trabalho como substituto de um dos dançarinos da Kayla Miles, que havia se machucado. Ele ia ficar fora da cidade por semanas, mas acabou me convidando para ir a São Francisco para vê-lo se apresentar e passar o fim de semana com ele.

— E você foi?

— Eu fui.

— Awn! E o que aconteceu depois?

Ao relembrar aquele fim de semana mágico em São Francisco, um sorriso sonhador se espalhou pelos lábios de Annie.

— Ah-ha! — Andrea disse, já entendendo e sorrindo para Annie, com uma centelha nos olhos. — Conheço esse olhar.

— Foi perfeito. Absolutamente perfeito.

— Então, você está feliz?

— Mais do que poderia sonhar.

— Que maravilha. Estou muito feliz por você, minha amiga. Ele é lindo.

— Não é? Ele é confiante, mas não arrogante, e é o cara mais fofo e gentil do mundo. Eu amo isso. Eu amo tudo nele. Ele é uma delícia de se olhar, move o corpo como se tivesse nascido para dançar, e mexe aqueles quadris como se soubesse o ângulo exato para me fazer reagir da forma mais intensa.

— E eu sei mesmo.

A voz de Casey veio por trás de Annie, fazendo-a congelar com uma expressão horrorizada. Como ela não pensou em prestar atenção ao momento em que ele voltaria após se trocar? Forçando um sorriso, ela se virou e olhou para ele timidamente, sem saber se ele ficaria zangado ou não. Alguns caras não gostariam que ela ficasse compartilhando informações demais assim com outra pessoa, fosse amiga ou não.

Para seu alívio, ele não ficou nada chateado. Na verdade, aquilo o fez ficar... convencido. Um sorriso irônico surgiu nos lábios de Annie, e ela franziu o nariz para ele.

— Nada de ficar se achando, mocinho. Aliás, bela toalha. — Ela apontou com uma sobrancelha erguida e se apossando também de um sorriso presunçoso.

Foi a vez de ele sorrir com deboche ao olhar para baixo e encarar a toalha de praia azul-petróleo que envolvia na cintura.

— Valeu. Essa cor combina comigo?

— Totalmente — Annie respondeu, assentindo solenemente a princípio, mas não conseguia evitar sorrir para Casey. Ele era tão fofo. E o fato de parecer um pouco tímido o deixava ainda mais fofo.

— Ok, pombinhos. Vamos à praia para tirarmos as fotos. Solte a toalha, garanhão. — Andrea deu um tapa na bunda de Casey ao passar por ele, fazendo-o se encolher um pouco. — Vamos lá, Annie, minha garota, está na hora de tirar essas roupas. Andem logo.

Ela esperou que obedecessem a suas instruções, batendo o pé impacientemente enquanto Annie tirava a roupa. Casey sorriu e soltou a toalha, fazendo o queixo de Andrea cair e Annie soltar um “hummm” em apreciação.

— Belo... hã, pacote, senhor — Annie disse para ele, tentando agir naturalmente, mas ele apenas sorriu brincalhão para ela.

— Eu sei. Você me quer tanto agora.

Tentando entrar na brincadeira, ela apenas bufou e tentou aparentar indiferença, fazendo Casey gargalhar.

Eles seguiram a anfitriã, que os guiou por portas de vidro deslizantes que se abriam para um deque enorme, onde havia umas vinte pessoas. A maioria parecia ter entre vinte e tantos e trinta e poucos anos, mas também havia alguns homens mais velhos. Um reggae tocava a um volume moderado ao fundo.

Andrea recolheu sua câmera em uma mesa e seguiu para um pequeno lance de escadas que levavam até a praia. Annie apressou-se atrás dela, assim como Casey, desviando o olhar quando eles passaram por outros convidados na festa, que agora estavam observando com curiosidade o casal que seguia a anfitriã. Assim que Annie parou para retirar os chinelos e andar descalça na areia, Andrea também parou e virou-se para eles.

— Parados! Não movam um músculo sequer — ela ordenou, fazendo Annie e Casey interromperem seus passos e olharem para ela, incertos. Mas, assim que Andrea ergueu sua câmera e apontou para eles, Annie e Casey assentiram em compreensão e posaram para as fotos.

Casey segurou a mão de Annie e sorriu para ela, que retribuiu, e Andrea começou a fotografá-los. Eles ajustaram as poses aos poucos conforme ela continuava com os cliques, e então seguiram pela costa quando ela instruiu, parando apenas quando alcançaram a água.

De mãos dadas, eles ficaram de frente para o oceano, depois viraram as cabeças para se olharem. Casey se abaixou e colocou Annie no colo com pouco esforço, fazendo-a soltar um gritinho e risadinhas.

— Adorei, adorei! Continuem se movendo, assim, tão apaixonados. Me mostrem o quanto significam um para o outro. Apenas continuem se movendo e de forma sexy — Andrea pediu a eles.

Após tirar, provavelmente, umas cem fotos, ela finalmente parou, olhou para os dois pombinhos e sorriu largamente.

— Isso foi lindo, gente! Consegui tirar fotos incríveis. Enviarei para vocês via Dropbox esta semana, ok?

— Awn, obrigada, Andrea. Isso é o máximo da sua parte.

— É, obrigado, Andrea.

— Eu que agradeço, senhor gostosão. Rawr! — Andrea imitou a garra de um tigre na direção dele.

Casey riu e balançou a cabeça, sentindo as bochechas esquentarem levemente.

Assim que Andrea virou-se para guiar o caminho de volta para casa, Casey segurou a mão de Annie novamente e eles a seguiram.

— Isso foi tão divertido — Annie disse, feliz, lançando um sorriso radiante para ele.

— É? Você gostou de tirar fotos comigo?

— Aham.

Inclinando-se, ele lhe deu um beijo lento e doce nos lábios e outro rápido no topo da cabeça. Assim que chegaram ao deque, Andrea os abandonou ao juntar-se novamente a seus outros amigos. Mas Katie veio para resgatá-los, abraçando Annie e depois Casey ao cumprimentá-los.

— Oba! Estou feliz por você ter vindo. E eu vi a sessão de fotos de última hora com Andrea. Bom trabalho, gente, estou impressionada — elogiou, balançando a cabeça positivamente para eles com um sorriso. — Bela sunga, cara.

Annie riu e tocou Casey com o cotovelo.

— Viu? Não sou a única.

Casey lançou-lhe um sorriso afetado e pegou uma toalha de uma pilha que estava perto deles e havia sido colocada ali para uso dos convidados, e a envolveu rapidamente ao redor da cintura. Parecendo aliviado, os ombros dele relaxaram e ele esticou o braço para puxar Annie para perto de si, sussurrando em seu ouvido:

— Só para os seus olhos.

Ela riu para ele e concordou.

— Posso viver com isso.

Eles se misturaram enquanto bebiam margaritas, conhecendo vários tipos de pessoas da indústria do entretenimento. Havia atores, atrizes, diretores, fotógrafos, modelos, maquiadores.

Annie estava exausta quando eles foram embora da festa, mais ou menos quatro horas depois. Ela sentia como se tivesse dado uns cinquenta apertos de mão, quando, na verdade, deve ter sido mais ou menos vinte. Ela foi tomar banho primeiro, enquanto Casey fazia uma ligação, e depois se aconchegou no sofá com seu Kindle enquanto foi a vez de Casey. Ela estava lendo mais um livro recomendado por sua irmã: *Neanderthal Seeks Human*, da autora Penny Reid. Ela havia começado a ler na noite anterior à chegada de Casey, mas já estava na metade. Ela não conseguia se lembrar da última vez que um livro de romance a tinha feito rir tanto quanto aquele.

Casey a encontrou assim, aconchegada no sofá e gargalhando de algo que acabara de ler. Ele sentou perto dela e puxou suas pernas para colocá-las sobre o colo. Annie largou o Kindle e olhou para ele com um sorriso.

— Oi, baby. Limpinho?

— Uhum — ele confirmou, assentindo com um sorriso malicioso. — Agora, venha me sujar de novo — ordenou ao ficar de pé, puxando-a para que se levantasse também.

— Hummm, ok, senhor! Não precisa pedir duas vezes — ela disse, seguindo-o até o quarto, de onde nenhum dos dois saiu até a manhã seguinte.

Annie levou Casey até o aeroporto e o abraçou com força após lhe dar um beijo longo e profundo.

— Te vejo em Nova York semana que vem. Vou sentir sua falta, princesa.

— Vou sentir sua falta também. Nos vemos em Nova York!

Capítulo 3

— Nem acredito que você vai para Nova York semana que vem!

Alex, o melhor amigo gay de Annie que, convenientemente, morava no mesmo prédio dela, estava sentado à mesa de sua cozinha, servindo-os de taças de vinho enquanto ela terminava de preparar o jantar. Ela decidiu fazer frutos do mar no forno com molho pesto e tomates-cereja, e salada de espinafre refogado com alho e azeite para acompanhar. Ela havia experimentado essa receita em um restaurante italiano local chamado Café Carolina, que ficava na mesma rua em que morava, e logo se tornou seu novo prato favorito.

— Eu sei. Os últimos dois meses passaram voando. Eu ainda não me sinto cem por cento pronta.

— Você vai se sair muito bem! Vai impressioná-los da maneira que eu sei que só você consegue.

Sorrindo, Annie pegou a taça que ele lhe ofereceu e a ergueu.

— Vou dar o melhor de mim, com certeza.

— Casey está animado?

— Sim. Mas também está um pouco nervoso, porque ele pode perder seu lugar na turnê de Kayla.

— Claro, né, é o que está pagando as contas dele no momento. Mas aposto que você não acharia isso muito ruim, hein?

— Nem um pouco.

— Achei que não. O que Kayla disse?

— Que ele terá um mês de folga até que ela o substitua, mas que, caso ela acabe gostando mais do dançarino substituto, ele poderá perder seu lugar mesmo assim, só por ter que tirar folga para participar do concurso.

— Nossa! É muita coisa em jogo para ele.

— Aham. — Annie mordeu o lábio, nervosa. — Isso pode ser tudo ou nada para ele, sabe? Espero que ele não deixe seus sentimentos por mim o impedirem de fazer o melhor que ele puder.

— Acho que ele não vai, mas você também não pode deixar isso acontecer, senhorita.

— Eu sei, e não vou. Negócios são negócios. Provavelmente, serei eliminada antes dele, e então poderei apenas relaxar e torcer por ele.

— Enquanto volta à estaca zero e procura por um novo trabalho.

— Certo, isso também. — Annie suspirou profundamente. — Eu sei, há muita coisa em jogo para mim.

— Sim. Mas mantenha o foco no prêmio e dê duzentos por cento de si. Tudo o que você já tem e mais um pouco. Quando achar que não tem mais nada para oferecer, vá mais fundo e encontre mais!

— Quanto vinho você já tomou? — ela o provocou.

Alex apenas balançou a cabeça e tomou um gole de vinho.

— Pode ir fazendo piadas, queridinha, mas espere só até você estar lá. Há milhões de garotas só esperando você ferrar tudo para poderem tomar o seu lugar.

— Nossa, está bem! Por que essa negatividade repentina?

— Não estou sendo negativo, *Mami*. Apenas realista. Isso é importante e é pra valer. A maioria daquelas meninas já se apresenta diante de multidões há anos. Não quero te deixar aflita nem nada, garota, mas você só cantou na frente de plateias pequenas em bares com karaokê até hoje, não é?

Annie se encolheu. O comentário de Alex a atingiu. E a fez cair na real. Aquilo *era* importante e para valer. O que ela estava fazendo? Achava mesmo que tinha talento suficiente para chegar à final? Ela tinha o que era necessário para vencer?

— Ai, Alex.

— Você sabe que eu te amo, garota. Eu só quero que esteja preparada.

— Eu sei. E parte de mim sente que eu tenho me preparado para isso durante a minha vida toda. Eu daria tudo para cantar profissionalmente. É o que eu sempre quis.

— Então faça acontecer, amorzinho! Ninguém poderá fazer por você.

Annie assentiu.

— Farei. Agora, é hora de comer — ela disse ao entregar um prato a Alex.

Ao atacar sua comida, Alex fechou os olhos em contentamento.

— Garota, suas habilidades culinárias estão ficando cada vez melhores.

— O que posso fazer? Estou apaixonada e colocando amor em tudo o que faço... meu canto, minha culinária, exercícios, o que quiser.

Ele experimentou um pouco de espinafre com os tomates e suspirou.

— Bem, se essa comida representa o quanto Casey está te fazendo feliz, seja lá o que ele esteja fazendo para isso, está mandando muito bem.

— Muito obrigada — ela disse com a boca cheia de frutos do mar.

— Mulher, será que você não aprende nada do que eu te ensino? Não fale de boca cheia. E, pelo amor de Deus, não vá fazer isso ao vivo na televisão, entendeu?

— Sim, senhor! — ela falou, com uma saudação debochada, após engolir o peixe. — Mas, sim, o Casey é... incrível. E piora ainda mais essa situação, que já é uma droga eu mal poder vê-lo. Esse último fim de semana foi a primeira vez que pudemos nos encontrar após quase um mês.

— Aff, isso é mesmo uma droga. E aposto que você tem se preocupado muito toda vez que pensa na Srta. Miles esfregando seu corpo nada feio na cara dele quando você não está por perto.

— Você não está ajudando — Annie grunhiu.

Erguendo as sobrancelhas para ela, Alex deu de ombros.

— Foi mal.

— Que saco. — Ela olhou para seu prato que ainda tinha espinafre, desanimada, e o empurrou para longe, perdendo o apetite.

— Anime-se, garota! Vocês estarão juntos e em segurança em Nova York semana que vem.

— Verdade. — Ela recuperou sua animação aos poucos diante do lembrete. — E tenho esperança de que vamos nos sair tão bem que eles não serão capazes de escolher apenas um vencedor, e anunciarão nós dois como vitoriosos! E então, sairemos em turnê juntos, e que se foda a Senhorita Pop Star Perfeita Kayla Miles.

— Muito bem! Esse é o espírito! Mais vinho?

— Por favor — Annie respondeu ao segurar sua taça para que Alex pudesse servi-la novamente.

— A propósito, você tem falado com Katie?

— Sim, eu a vi no fim de semana. Por quê? O que houve?

— Ah, só queria saber como foi o encontro dela com o cara dono do restaurante.

— Ah, sim. Eu esqueci de perguntar, mas ela não tocou nesse assunto na festa. Será que significa que foi ruim?

— Bem, acontece que eu conheço alguém que conhece esse cara, e pelo que entendi... ele não é solteiro.

Annie congelou sua mão sobre o prato vazio de Alex que ela se inclinou para pegar, erguendo as sobrancelhas.

— O quê? Como você sabe disso? A Katie sabe?

Alex balançou a cabeça negativamente.

— Acho que não. Por isso estava me perguntando como foi. Se ele acabou contando a ela, ou se ela descobriu.

— Ok. Vou mandar uma mensagem.

Ela terminou de colocar os pratos na pia e pegou seu celular.

Annie: *Oie... esqueci de te perguntar como foi o seu encontro aquele dia.*

Katie: *Oi! Tudo bem... foi, hã... esclarecedor e educativo.*

Annie virou a tela do celular para mostrar a resposta a Alex, e deu de ombros ao enviar outra mensagem.

Annie: *Parece interessante. O que aconteceu?*

Katie: *Bem, acontece que ele é casado... ele me disse que estava separado, mas não é nada disso. Ele ainda é muito bem casado.*

Annie: *Que merda. Como você descobriu? Foi no início da noite ou depois que já havia saído com ele?*

Katie: *Descobri quando fomos para a casa dele após o jantar, e ele me levou para o quarto... onde eu encontrei a esposa dele deitada nua na cama.*

Annie: *Não acredito nisso! Está falando sério??? O que você fez?*

Katie: *Pedi desculpas a ela, antes de qualquer coisa.*

Annie: *Por quê??? Você não sabia! Ele te disse que estava separado.*

Katie: *Pareceu a coisa certa a fazer no momento. Mas eu poderia ter poupado minha saliva.*

Annie: *E o que aconteceu? O que ela disse?*

Katie: *Aparentemente, ela sabia de tudo. Eles curtem swing. Ele sai à procura de mulheres jovens e bonitas pelas quais os dois se sintam atraídos, diz a elas que está separado, as leva para um jantar maravilhoso, e depois para seu covil para compartilhá-las com sua mulher.*

Annie: *Que desprezível! O que você fez?*

Katie: *Bem, você me conhece... eu sou uma pessoa de mente aberta, e eles era muito atraentes e persuasivos, mas não gosto que mintam para mim. Recusei educadamente e fui embora de imediato.*

Annie: *Muito bem! Que escroto! Ah, e o Alex está aqui comigo. Ele mandou dizer "Isso aí, garota!".*

Katie: *Ah, legal! Diga ao Alex que eu disse "oi". Pois é, segue o baile, quem sabe venham coisas melhores.*

Annie: *Você vai encontrar alguém logo.*

Katie: *Talvez... mas estou começando a pensar que talvez não seja o melhor momento para eu estar com alguém, sabe?*

Annie: *Ah, vai se divertindo. O amor vai cruzar o seu caminho quando você menos esperar.*

Katie: *Hahaha. Você só está tranquila assim porque já encontrou o seu príncipe encantado.*

Annie: *Eu sei, mas quero que você também encontre o seu!*

Katie: *Aí a minha vida poderá ser tão perfeita quanto a sua.*

Annie: *Ah, tá! Minha vida está tão longe de ser perfeita.*

Katie: *Você conheceu o homem dos seus sonhos, vai para Nova York para a final da primeira temporada de um concurso de talentos, Andrea fez um ensaio com você e Casey na praia... eu diria que a sua vida tem sido bem espetacular ultimamente.*

Annie: *É, eu conheci o homem dos meus sonhos, que logo saiu em turnê com uma pop star linda que quer agarrá-lo, eu estou mais nervosa do que nunca com esse concurso de talentos, por ter que competir com pessoas que já são veteranas nesse ramo, e o que tem de mais no ensaio? Foi só por diversão.*

Katie: *Hã, Annie... tinha uma pessoa do LA Life naquela festa, e eu o ouvi dizer a Andrea que estava muito interessado em ver as fotos do seu ensaio.*

Annie piscou para a tela do celular. Como assim? Andrea não lhe disse nada sobre isso. Ela mostrou as mensagens a Alex novamente, que tirou sua concentração do *Candy Crush* para dar uma olhada. Ele ergueu o polegar para ela e voltou a jogar.

Annie: *O quê??? Você está falando sério?*

Katie: *Seríssimo. Então, eu não ficaria surpresa se ele te contatasse qualquer dia desses.*

Annie: *Puta merda, isso seria incrível!*

Katie: *Como eu disse, a sua vida parece perfeita no momento.*

Annie: *Ok, vou ter que concordar agora... parece perfeita mesmo. :)*

Katie: *E você merece, mocinha! Eu sei que a minha vez vai chegar.*

Annie: *Vou ficar atenta a algo para você em Nova York.*

Katie: *Porque eu tenho tempo para ter um relacionamento à distância?*

Annie: *Hahaha, bom ponto... mas você poderia vê-lo quando fosse a Nova York a trabalho.*

Katie: *Isso é verdade. Ok, que comece a operação cupido!*

Annie: *Ebaaa! Eu vou encontrar o cara perfeito para você. Espere pra ver.*

Katie: *Mal posso esperar.*

Enquanto terminava de guardar na mala seus últimos artigos de higiene pessoal, Annie suspirou e olhou em volta no quarto. O closet estava vazio pela metade e sua penteadeira, limpa pela primeira vez. Ela fez malas suficientes para várias semanas, mas poderia acabar voltando para casa após a primeira. Só dependia do quão bem ela se sairia nas finais quando chegasse a Nova York.

Seus pais estavam indo buscá-la para deixá-la no aeroporto. Casey chegaria ao JFK vinte minutos antes dela, e disse que esperaria seu voo pousar para que dividissem um táxi até o hotel. Ela teve que se beliscar várias vezes para lembrar de que tudo isso estava realmente acontecendo. Quando seus pais a deixaram no aeroporto, a abraçaram forte e lhe desejaram o melhor. Sua mãe lhe disse "quebre uma unha", o que a fez olhá-la confusa.

— É "quebre a perna", mãe.

— Eu sei que a frase é assim, mas parece tão horrível! É melhor quebrar só uma unha.

Annie apenas balançou a cabeça para a mãe e riu. Ela ia sentir saudade da falta de jeito de sua mãe com gírias.

— Sou a favor de seguir as tradições, então desejo que quebre a perna, querida — seu pai disse ao abraçá-la e beijar sua testa. — Estou orgulhoso de você, Annie. Não se esqueça disso.

— Ligue para nos avisar quando pousar e chegar em segurança — sua mãe instruiu, ao que Annie assentiu e, então, acenou para eles antes de virar-se e ir para o terminal de embarque.

— Ligarei. E obrigada de novo pela carona — ela falou antes de ir para o balcão e despachar sua bagagem.

Passar pela segurança foi fácil, pelo menos, e logo ela estava diante do portão de embarque, onde teria que esperar por uma hora, então colocou seus fones de ouvido do iPod para tocar um mix de suas músicas favoritas dos anos 40. Fechando os olhos, ela recostou a cabeça, apoiando-a na parede, e se deixou levar. Alguns momentos depois, ela sentiu alguém empurrando seu pé, fazendo-a abrir os olhos de uma vez. Ela olhou para cima e deparou-se com um rosto sorridente conhecido.

— Oi, garota! Lembra de mim? — uma garota pequena e exótica, que parecia ter vinte e poucos anos, perguntou com um sorriso radiante.

— Oi! Keri, não é? — Annie tentou, reconhecendo a garota que havia encontrado na fila durante as audições do The Next American Superstar.

— Sim! Que boa memória a sua! E você é a Annie, certo?

— Sim! Você tem boa memória também.

— Haha, valeu. E esta é a minha amiga, Erin. Nós frequentamos o mesmo bar de karaokê. Nos esbarramos uma noite quando estávamos comemorando nossos aniversários, e somos parceiras de karaokê desde então! Eu nem fazia ideia de que ela havia feito uma audição até tocarmos no assunto há pouco tempo, enquanto estávamos indo para mais uma noite de karaokê, e descobrimos que não somente havíamos feito o teste, como também havíamos chegado às finais!

— Ah, isso é incrível! — Annie exclamou. — Prazer em te conhecer, Erin

— ela disse ao estender a mão para a garota linda que estava ao lado de Keri com um sorriso simpático. — Vocês querem sentar aqui? — ela perguntou, indicando os dois assentos vazios perto dela.

Keri assentiu e colocou suas coisas na cadeira ao lado de Annie.

— Claro! Vou pegar um café, mas volto logo. Vocês podem olhar as minhas coisas?

— Com certeza. Você poderia me trazer um café também?

— Claro. Você quer com creme e açúcar?

— Açúcar mascavo e creme de baunilha, se tiverem. Se não, pode ser do comum mesmo.

— Legal. Volto em um minuto.

Annie entregou dinheiro a Keri antes que ela se retirasse, e depois virou-se e sorriu para Erin.

— Então, você está animada? Nervosa? As duas coisas?

Erin riu e balançou a cabeça positivamente ao se sentar.

— As duas coisas, definitivamente. E você?

— Aham, também. É a primeira vez que vou a Nova York.

— Ah, é? É muito legal. Fui pela primeira vez ano passado, no fim de semana antes do Dia de Ação de Graças.

— Que bom! O que você foi fazer lá? Férias? Visitar a família?

— A minha família mora no Havaí. Eu fui para encontrar um cara — Erin admitiu, um pouco envergonhada.

— Ah, é mesmo? — Annie lançou-lhe um sorriso afetuoso. — Relacionamento à distância?

— Bem, eu estava disposta a tentar, mas ele nem tanto.

— Ah, que droga. Como você o conheceu?

— Estava visitando a minha família no Havaí e fiz um anúncio no *Craigslist.*

Annie começou a rir ao ouvir isso.

— Hahaha, que bom que não sou a única louca o suficiente para fazer um anúncio no Craigslist.

— Ah, você também tentou? Como foi?

Ao pensar na primeira noite em que conheceu Gabe, Annie sorriu, melancólica, e balançou a cabeça.

— Não deu muito certo, mas até que conheci alguns homens bem interessantes.

— É, eu também. O cara que eu conheci no Havaí parecia promissor. Nós descobrimos tantas coisas em comum logo de cara. Eu sou muito ligada em games, e ele também. Sem falar que ele é um gato.

— Como foi que rolou?

— Ele respondeu ao meu anúncio e me enviou algumas fotos. Eu quase não respondi, porque, em uma delas, ele estava quase pelado. Tipo, ele a tirou em frente ao espelho do banheiro, segurando uma toalha que cobria as coisas dele.

Annie deu uma risadinha.

— É, eu recebi a minha cota de fotos desse tipo. Então, você respondeu mesmo assim, não foi? E aí?

— É, bom, eu normalmente não responderia alguém que enviou uma foto daquelas... mas ele é tão gostoso que não resisti.

— Legal. Vocês saíram para jantar?

— Não, ele disse que tinha que trabalhar até tarde, então me perguntou se eu queria ver um filme com ele. Mas ele morava em Waikiki e não tinha carro, então eu tive que ir da casa onde eu estava hospedada em North Shore com meu carro alugado para buscá-lo. Levei quase uma hora para chegar lá. Ele mal acreditou o quão longe era de onde eu estava até ali. Eu disse que estava do outro lado da ilha, mas ele havia acabado de se mudar para lá do Brooklyn a trabalho, e acabou ficando naquela área mesmo, então não fazia ideia de quanto tempo levava para dar a volta na ilha.

— Brooklyn? Nossa, ele estava muito longe de casa.

— É, ele disse que se transferiu para o Havaí pelo clima mais quente, mas, assim que chegou lá, odiou.

— Como assim? Quem consegue odiar o Havaí?

— Pois é... esse deveria ter sido meu primeiro alerta em relação a ele. Enfim, quando eu finalmente cheguei e ele entrou no meu carro, meu Deus, garota... ele cheirava tão bem. — Erin fechou os olhos por um instante, com um sorriso sonhador.

— Ah, é?

— Sim, e ele era lindo. Eu estava tão nervosa, mas, ao mesmo tempo, me senti tão confortável com ele. Nós fomos assistir a um filme de comédia e ação, e gargalhamos, brincamos e nos divertimos muito. Tipo, tudo parecia perfeito. Nós não demos as mãos durante o filme, mas ele ficava se inclinando na minha direção durante certas partes e dava risada. A química era tão elétrica. Eu não queria que a noite terminasse.

— Awn, parece ter sido ótimo! Então, o que aconteceu depois disso? — Annie estava sentada na beirada da cadeira, ouvindo a garota. Ela estava curtindo muito ouvir histórias de alguém que parecia tão aventureira quanto ela.

— Tem certeza de que não estou te entediando? — Erin perguntou ceticamente.

— Claro que não! Eu adoro ouvir histórias assim. Continue.

Abrindo um sorriso para Annie, Erin assentiu.

— Ok, já que insiste... bom, nós decidimos comprar vinho em uma loja de conveniência para levarmos para a casa dele. Ele sugeriu que bebêssemos e jogássemos um pouco de *League of Legends*.

— Ah, acho que já ouvi falar sobre esse jogo. É tipo *World of Warcraft*, não é?

— Mais ou menos. Mas é tão viciante quanto. Eu não havia jogado até aquele dia, mas nem me importava com o que fizéssemos juntos. Só sabia que não queria sair de perto dele. Quer dizer, eu já estava prestes a voltar para a Califórnia na noite seguinte, então aquela era a minha única chance de passar um tempo com ele. Mas, quando chegamos na loja, nos disseram que não poderiam nos vender bebidas alcoólicas, porque já eram meia-noite e quinze.

— Existe toque de recolher quanto a vender álcool no Havaí?

— Sim. Aparentemente, não era permitido vender álcool após a meia-noite. Quer dizer, se você for a um bar, poderá conseguir uma bebida mais tarde do que isso, mas não dá para comprar bebida alcoólica em lojas após a meia-noite.

— Que droga. Então, o que vocês fizeram depois disso?

— É, eu precisava mesmo de uma bebida naquele momento. Eu ainda estava muito nervosa. Mas nós apenas rimos da situação e fomos para a casa dele. Nos aconchegamos na cama e jogamos um pouco do *League of Legends*, mas então ele teve pena de mim e começou a me mostrar uns vídeos engraçados. Meu Deus, nós rimos tanto! Minha boca chegou a doer de tanto rir, e ele ficava deslizando a mão pela minha perna até apertar a minha bunda vez ou outra. Era tão sexy.

— Muito bom. Então, vocês foram até o fim? — Erin ruborizou forte e balançou a cabeça. — Desculpe! Acho que você não ia querer contar isso a uma estranha mesmo — Annie disse, mas Erin apenas riu.

— Oh, não, tudo bem. Eu sou um livro aberto. Mas, não, nós não fomos até o fim, nem fizemos nada de mais. Eu estava menstruada...

— Ah, não! — Annie grunhiu. — Isso é um saco.

— Eu sei e, honestamente, eu teria ido até o fim mesmo assim. Quer dizer, ele puxou minha mão para tocar a virilha dele, e o que encontrei ali me surpreendeu de uma maneira bem agradável, então fiquei bem chateada por estar naqueles dias. Mas, depois que eu fiz um oral nele, ele tentou retribuir, e eu tive que contar. Tudo o que ele disse de volta foi 'Que tal anal?', e aquilo foi o fim!

— Aff! Por que homens são tão ligados em sexo anal?

— Eu não sei, mas todos parecem ser obcecados. E ele era enorme! De jeito nenhum na face dessa Terra eu o deixaria foder a minha bunda. — Retraindo-se, Erin fez uma pequena pausa e desculpou-se. — Desculpe! Eu tenho a boca tão suja.

— Por favor, não deve ser pior que a minha. Acho que você e eu seremos ótimas amigas.

Erin lançou um sorriso alegre para Annie e deu uma risadinha.

— Você é muito legal. Estou feliz por Keri ter nos apresentado.

— Eu também! E, por falar no diabo, lá vem ela com o meu café.

Keri andou até elas, carregando dois copos grandes de café.

— Esse lugar é um assalto, gente! Sete dólares por um latte — ela reclamou, entregando para Annie seu café e troco.

— Credo — Annie disse. — Que bom que eu preferi o café comum, mesmo.

— Sério, não dá para manter meu hábito de tomar cafés cheios de frufru com esses preços.

— É tão caro quanto em Nova York — Erin alertou. — Se lá não for ainda mais.

— Está falando sério? — Keri quase cuspiu após tomar um gole de café.

— Aham. Tudo é mais caro em NYC.

— A Erin estava me contando sobre o cara do Brooklyn que ela conheceu no Havaí ano passado.

— Ah, sim, é uma ótima história! Ela já te mostrou uma foto dele?

— Não! Deixe-me ver — Annie pediu.

Erin começou a procurar no celular e depois virou a tela para Annie e Keri poderem ver.

— Puta merda! Ele é gostoso! — Annie disse com sincera admiração. — Gostei da cabeça raspada. Qual é a ascendência dele?

— Bom, quando eu comentei sobre a foto dele pelado e que eu quase não o respondi por causa disso, mas ainda assim disse que ele tinha uma bunda gostosa, a resposta dele foi 'É, mas você gostou, hein? É uma bunda porto-riquenha'. Dá pra acreditar nesse sorriso? E nesse tanquinho?

— É, o tanquinho é o máximo. E a cabeça raspada combina muito com ele. Ele já foi modelo?

Erin assentiu ao mexer no celular mais uma vez.

— Sim, ele disse que já foi modelo para a *Abercrombie & Fitch*. Ele me enviou uma das fotos. Aqui está — ela disse ao encontrá-la e mostrar a tela a Annie e Keri novamente.

— Nossa, garota! Bem que eu queria um pedaço de tudo isso.

— Né? — Erin concordou com um suspiro pesado.

— Ela já te contou sobre a viagem a Nova York? — Keri perguntou a Annie, movendo as sobrancelhas.

— Ainda não, e está quase na hora do nosso embarque. Mas quero saber tudinho em breve, viu?

Annie e Erin trocaram telefones e então se juntaram aos outros passageiros para o embarque. Elas checaram suas passagens e viram que Annie teria que sentar na parte da frente do avião, enquanto os assentos de Erin e Keri eram no fundo. Ao ouvir a responsável chamar o grupo de Annie para embarcar, ela virou-se para se despedir das garotas, abraçando-as rapidamente.

— Foi ótimo conversar com você, Erin. E foi ótimo te rever, Keri. Vejo vocês do outro lado! — Annie acenou para elas ao entrar na fila para embarcar.

Capítulo 4

O voo parecia ser mais longo do que realmente era. Annie ficou inquieta. Ela estava ficando um pouco impaciente por estar presa a um assento de avião por mais de cinco horas. Ela levantou uma vez para usar o banheiro, mas mesmo assim sua bunda permaneceu plantada na mesma posição por horas. Pelo menos, o voo já estava quase no fim, e logo ela estaria livre das limitações daquele pedaço enorme de alumínio e plástico.

Quando as rodas do avião tocaram o chão, Annie estremeceu um pouco, como sempre acontecia durante os pousos, e agradeceu ao Universo por ter sobrevivido a mais um voo com segurança. Após seguir pela rampa e atravessar o portão, seus olhos se depararam com a melhor coisa que ela vira a semana toda.

Ela nunca se cansaria de olhar para Casey. O jeito como ele a olhava era motivo suficiente, mas, além disso, havia o prazer divino de apreciar aquilo que era simplesmente um espécime perfeito de homem. De todas as maneiras possíveis, sua masculinidade reluzia, desde os bíceps bem torneados à curva forte de sua mandíbula. Ele havia cortado o cabelo novamente, e seus olhos brilharam cheios de amor e luxúria quando a encontraram, fazendo-o abrir um sorriso lento e sexy. A respiração de Annie ficou presa quando ela parou abruptamente, fazendo com que a pessoa de trás esbarrasse nela.

Annie virou-se para desculpar-se com uma senhora, que a olhava com as sobrancelhas franzidas. Ela parecia prestes a dizer poucas e boas a Annie, mas Casey interveio e começou a se desculpar, fazendo a carranca da mulher desaparecer no mesmo instante.

— A senhora está bem? — ele questionou, em um tom preocupado.

— Muito bem, meu jovem, obrigada por perguntar.

Casey abriu um sorriso, e a mulher acenou para Annie com a cabeça, com um sorriso pequeno e um olhar compreensivo, antes de pedir licença e passar por eles. Casey pegou a bagagem de mão de Annie e sugeriu que fossem um pouco mais para a lateral, para sair do caminho de outros passageiros que ainda estavam desembarcando.

Assim que ele colocou a bolsa dela no chão, Annie se jogou nele e o envolveu com um abraço. Os lábios dele encontraram os dela e os devoraram com avidez, como se estivesse sedento e sua boca fosse a única coisa capaz de matar sua sede.

— Hummm, que bom ver você também — ela disse, sorrindo amplamente.

— Oi, princesa — ele devolveu com ternura, sorrindo para ela. — Tudo o que eu conseguia pensar durante o voo era em beijar você.

— Só me beijar? — ela perguntou provocantemente, com uma sobrancelha arqueada.

— Nah, você sabe. E outras coisas também.

— E outras coisas, hein? Que tipo de coisas?

— Você sabe... coisas que envolvem nudez.

— Hummm... eu gosto de coisas que envolvem nudez. Especialmente quando envolvem ficar nua com você.

Rosnando contra a orelha dela, Casey mordiscou o lóbulo e o beijou. Depois, beijou seu pescoço e a apertou mais contra ele.

— Você me deixa louco, garota. Já te falei isso?

— Muitas vezes — ela respondeu, dando risadinhas quando ele mordeu sua orelha novamente. — Para com isso. Nós vamos acabar sendo presos por comportamento indecente em público ou algo assim.

Rindo, Casey balançou a cabeça.

— Disso eu duvido, mas ok, vou me comportar. Só é difícil manter minhas mãos quietas quando te vejo.

— Isso é só até chegarmos ao hotel — Annie prometeu. — E você não precisa mantê-las tão quietas assim, sabe. Só não podemos dar amassos no banco de trás do carro.

— Droga. Eu adoro dar uns amassos com você em bancos de trás de carros.

Annie gargalhou e o beijou novamente.

— Hummm, eu adoro beijar você. Você beija tão bem, sabia? Você sabe como usar bem a língua, e arranha meus lábios com os dentes com precisão suficiente... é tão sexy. — Ela ruborizou. — Desculpa. Eu não queria ter viajado assim falando sobre suas habilidades com beijos, mas você tem muitas.

— Fico feliz por saber que aprova minhas habilidades com beijos — ele disse, beijando-a mais uma vez antes de se afastar para pegar sua bagagem de mão novamente. — Vamos pegar nossas malas e sair logo daqui. Preciso de um banho imediatamente.

— Idem.

Casey trocou um olhar com Annie enquanto seguiam até a esteira de bagagem.

— Está pensando no que eu estou pensando?

— Se estiver pensando em sacanagem que envolve sabonete, então sim.

— Já te falei que te amo?

— Talvez. Mas pode falar de novo.

— Ok. Eu te amo. Você é incrível pra caralho.

Annie sorriu para ele e lançou uma piscadela.

— Hum, muito obrigada, cavalheiro. Fico feliz que se sinta desse jeito, e a recíproca é verdadeira pra caralho.

O olhar que Casey lançou em sua direção dizia tudo. Ele a adorava, e ver isso estampado no rosto dele fazia o coração dela cantar de felicidade.

Eles estavam há mais ou menos dez minutos diante esteira da Virgin America, esperando por suas malas, quando Keri e Erin os encontraram.

— Oi, Annie. Como vai, Casey? — Keri perguntou ao andar até eles.

Assim como na primeira vez que o conheceu, Keri sorriu para Casey, sem o menor pudor ao tentar flertar com ele na frente de Annie, que fez uma nota mental para lembra-se de que talvez ela devesse dizer algo a Keri, mas, no momento, apenas rangeu os dentes e sorriu, escolhendo direcionar sua atenção para Erin.

— Oi, Erin! Como foi o seu voo?

— Aff, não foi tão ruim, mas eu comecei a pensar no Mike, sabe? O cara do Brooklyn/Havaí? E, sim, foi meio deprimente. Talvez eu tenha mandado uma mensagem para ele.

— O quê? — Keri girou e deu um tapa no braço de Erin. — Diga que está brincando, mocinha. Você não fez isso!

Erin se encolheu e massageou o braço.

— Eu não pude evitar!

— Sim, você podia! Garota, aquele cara é pura encrenca. Ele foi um babaca com você na última vez em que esteve aqui. Por que diabos você iria querer passar por aquilo de novo? Está louca? — Keri gesticulou, para enfatizar sua repreensão.

Annie olhou para Erin com empatia. Ela entendia bem como era se sentir atraída por babacas que só pensavam em si mesmos. Casey se afastou um pouco, claramente tentando evitar se envolver em drama de garoto contra garota.

— Eu tenho que fazer uma ligação rápida, ok? Estarei bem aqui — ele disse para Annie ao se afastar para o lado.

— Então, o que você escreveu para ele? — Keri perguntou, em um tom de voz mais conformado.

Erin entregou o telefone à amiga, que leu a mensagem em voz alta.

Erin: *Eu não sei se você quer me ver, mas estarei na cidade nesse fim de semana. Espero que esteja tudo bem com você e a sua família.*

— Oh, Erin. Você merece coisa tão melhor do que aquele cafajeste.

— Eu sei disso. Mas não consigo evitar. Ele tem um pênis lindo, o que eu posso fazer?

Annie arregalou os olhos e explodiu em gargalhadas, tapando a boca com a mão para abafar o som alto.

— Desculpe! Você disse "um pênis lindo"?

— Sim, você quer ver?

— Não! — Keri bateu no braço de Erin mais uma vez. — Nós não precisamos ver o pênis dele.

— Bom, não é exatamente o pênis dele. Quer dizer, é sim, mas só o formato. Ele está de cueca.

Keri encarou Erin com ceticismo, mas acabou assentindo.

— Está bem, nos mostre esse pênis lindo que te fez cair de quatro por um completo idiota.

As três acabaram gargalhando, e então Erin procurou em seu celular a foto, deu zoom e mostrou para as meninas. Um rapaz porto-riquenho atraente, com a cabeça raspada, que parecia ter seus vinte e tantos anos, aparecia na foto segurando o celular em frente a um espelho. Ele tinha um abdômen tanquinho bem torneado e estava usando uma cueca boxer que delineava o formato impressionante de seu pênis semirrígido.

— E olha que nem está completamente ereto.

Keri deixou escapar um assobio e Annie concordou ao assentir.

— Legal.

— Belo homem — Keri se admirou.

— Belo pênis — Erin disse, com pesar.

— Mas um pênis pelo qual não vale a pena quebrar a cara de novo — Keri retrucou.

— Sei lá... talvez valha. — No mesmo instante, o celular de Erin vibrou, e ela deu um grito agudo acompanhado de pulinhos. — Ai, meu Deus, ele respondeu minha mensagem!

— O que ele disse?

Erin leu a mensagem em voz alta.

Mike: *A que horas o seu voo chega? E quanto tempo vai ficar?*

Keri resmungou e balançou a cabeça no momento em que a luz da esteira de bagagem acendeu, indicando que as malas estavam finalmente chegando. Casey juntou-se a elas novamente, e Annie sorriu ao puxá-lo para um beijo. Ela estava aliviada por ele ter perdido a maior parte da conversa. Sabia que ele era muito seguro de sua masculinidade, mas não queria que ele pensasse que não a satisfazia.

— Então, você vai encontrá-lo hoje à noite? — Annie perguntou a Erin enquanto analisava as malas, procurando por sua etiqueta da Hello Kitty. Sua irmã havia lhe dado como um presente de boa sorte, e ela adorou.

— Eu não sei. Hoje é a minha única chance de vê-lo antes que tudo comece. Acho que, se der certo...

— Certo. Bem, me mantenha informada. Espero que dê tudo certo para você.

— Pode deixar, e obrigada. Espero mesmo conseguir vê-lo.

— Oh, ali está a minha — Annie disse ao avistar sua mala. No entanto, antes que ela pudesse dar um passo à frente para pegá-la, Casey adiantou-se e a recolheu da esteira com facilidade, colocando-a perto de Annie em seguida.

— Jesus, o que você trouxe? Tudo o que tinha no seu closet? — reclamou.

Annie sorriu para ele.

— Por que está reclamando? Você acabou de levantá-la como se não pesasse nada. Talvez eu tenha trazido coisas demais, mas é só porque eu sei que meu homem aguenta.

— Só por isso? — ele perguntou, sorrindo de volta para ela.

— Aham. Ei, aquela é a sua mala? — ela disse para distraí-lo, apontando para a esteira. Curiosamente, era realmente a dele. Alguns momentos depois, Keri e Erin também conseguiram pegar as suas, e os quatro se dirigiram para a fila dos táxis.

Eles pegaram táxis separados, já que estavam com bagagens, e logo Annie e Casey estavam a caminho do hotel e de um banho quente. Eles fizeram check-in, mas, já que Casey iria dividir um quarto com um colega de grupo depois, decidiu ir com Annie para o dela, para que aproveitassem um pouco de privacidade.

— Você ainda está nervosa? — Casey perguntou ao passar shampoo no cabelo de Annie, massageando seu couro cabeludo com os dedos.

— Bom, nesse momento, me sinto... hummm... maravilhosa. Por Deus, não pare. Isso é tão bom.

— É?

— Você é mesmo mágico, sabia?

— Sim, tipo Magic Mike — Casey disse em um tom superficial. Soando um pouco irritado, ele perguntou: — Por que você gosta tanto daquele cara, mesmo?

Annie abriu os olhos e o encarou, encolhendo-se e fechando-os novamente ao sentir um pouco de espuma de shampoo escorrer por sua testa. Ela deu de ombros e esfregou os dedos no rosto, tentando afastar a espuma dos olhos.

— Eu não sei. Quer dizer, o Channing é muito atraente, mas é quando ele dança que me dá vontade de pular nele e deixá-lo me engravidar. — Casey a olhou, mas ela apenas riu e deu de ombros novamente. — Que foi? Ele é só uma celebridade por quem tenho uma queda, e você é bem melhor do que o Channing, mesmo.

— Pode registrar isso por escrito? — ele perguntou sarcasticamente, fazendo Annie revirar os olhos.

— Ah, por favor! Não me diga que está se sentindo ameaçado por uma celebridade que nenhum de nós nem ao menos conhece.

— Talvez eu meio que o conheça.

— O quê? — Annie questionou com um grito, batendo a palma da mão no peito de Casey. Com os olhos arregalados, ela começou a interrogá-lo. — Quando? Como? Explique, por favor!

Casey apenas olhou para ela com uma sobrancelha arqueada.

— Como você disse, eu meio que pareço com o cara.

— Aham, e?

— E talvez eu tenha feito trabalhos extras como dublê dele, uma vez ou duas.

— Ai, meu Deus!

— Não é grande coisa.

— É, sim. Sim! Você foi dublê do Channing Tatum? Ai, meu Deus, isso é incrível! E irado. E incrivelmente irado! Como ele é pessoalmente? Não, espera. Deixa pra lá, não responda. — Annie bateu palminhas animadas. Casey apenas revirou os olhos e balançou a cabeça.

— Você sabe que ele é só um cara qualquer, né? — ele zombou.

— Só um cara que sabe mexer os quadris de um jeito que... — Annie interrompeu sua fala e mordeu o lábio. — Esquece.

— Oh, não pare só por minha causa — Casey disse, lançando-lhe mais um olhar daqueles.

— Desculpe. Sério. Mas ainda acho muito legal você ter sido dublê dele. E acho vocês dois gostosos, mas fico feliz por ter você, e não ele. Eu sempre escolheria você em vez dele. Aposto que ele nem beija bem, e como eu disse, você beija incrivelmente bem.

— Essa foi a melhor coisa que saiu da sua boca desde que chegamos aqui.

— Desculpe, baby. Eu te amo. Você é o melhor — ela disse suavemente ao subir as mãos e deslizar os dedos pelos cabelos curtos dele.

— Ei, isso é... trapaça... não vale... droga, não dá pra ficar bravo com você... trapaceira — Casey murmurou em protesto, mas logo ficou quieto, para depois quebrar o silêncio com um gemido. Era impossível continuar discutindo, diante do jeito com que ela começou a massagear sua cabeça.

Ele se derretia todo com as mãos dela. E ela não se sentia nem um pouco culpada por usar isso a seu favor.

Após o banho, que, para a decepção de Annie, foi completamente desprovido de qualquer atividade sexual — embora ela desconfiasse de que isso se devia ao fato de ela ter comparado Casey ao Channing Tatum —, eles se vestiram e foram jantar. Casey havia feito uma reserva em seu restaurante italiano favorito, que ele descobrira em uma de suas inúmeras viagens a Nova York. A comida era deliciosa, e ele a fez rir durante o jantar inteiro ao contar-lhe sobre as travessuras que os outros dançarinos aprontaram durante a turnê.

Aparentemente, fazer pegadinhas uns com os outros era uma tradição entre esses caras. Eles nunca deixavam as coisas saírem do controle, mas, para eles, era uma competição séria para ver quem superaria quem. Aquele que fosse mais esperto, planejasse e executasse a pegadinha perfeita ganhava o maior respeito dos outros. Annie apenas balançou a cabeça e riu enquanto Casey contava as histórias.

Ao voltarem para o hotel, ela se sentia exausta e pronta para capotar na cama. Eles teriam um compromisso de apresentação e orientação às oito da manhã seguinte. O café da manhã seria servido às seis e meia. Isso significava que ela teria que levantar às cinco, para tomar banho e ficar pronta a tempo. Aconchegando-se contra Casey, seus olhos se fecharam e ela logo adormeceu.

Capítulo 5

A manhã seguinte começou cedo demais para o gosto de Annie. Ela havia sonhado sobre como seu banho com Casey poderia ter acontecido, se ele não tivesse esquentado tanto a cabeça por causa da celebridade por quem ela tinha uma queda. Ela mal podia acreditar que Channing Tatum, entre tantas pessoas, havia basicamente empatado sua foda! Em seu sonho, Casey apalpava seus seios, agarrando-os com firmeza com as mãos enormes, enquanto os dedos beliscavam os mamilos, e quando ele se posicionou para penetrá-la profundamente por trás, o alarme do seu celular tocou, deixando-a completamente desperta e frustrada sexualmente.

Em outras ocasiões, ela teria simplesmente dado um jeito de satisfazer seu desejo sozinha, mas naquela manhã não havia tempo para isso. Era o primeiro dia do resto de sua vida, e ela precisava estar alerta e com a aparência fabulosa. Após beijar a testa de um Casey ainda grogue de sono, ela sussurrou para ele que podia dormir um pouco mais e saiu da cama, indo com pressa até o banheiro para tomar banho.

Quando chegou a vez dele de entrar no chuveiro, ela se apressou para se arrumar e começou a fazer alguns aquecimentos vocais. Às seis e meia, ela estava pronta para descer e tomar café, mas estava completamente sem apetite e sentindo a cabeça começar a doer. Seu estômago estava revirado. Havia chegado o momento. Ela teria que cantar diante dos jurados — as celebridades de TV — e não apenas dos produtores do programa, como durante a audição em Hollywood, assim como também diante de todos os outros finalistas talentosos que foram chamados para Nova York. Como Alex havia dito, aquilo era importante e pra valer.

Annie ficou observando Casey atacar seu café da manhã, praticamente aspirando os ovos mexidos, bacon, linguiça e batatas, e depois ir pegar mais comida.

— Como você consegue comer desse jeito agora? — ela perguntou, exasperada, assim que ele retornou à mesa após pegar uma tigela cheia de aveia com açúcar mascavo, amêndoas e uvas passas.

— Desse jeito como? — ele quis saber com uma sobrancelha erguida, atacando a tigela.

— Como se hoje não estivesse acontecendo nada de mais. Como se hoje fosse um dia como qualquer outro.

— Hã, bem... hoje é um dia como qualquer outro.

— Não é, não. Hoje é um dia decisivo para o resto das nossas vidas.

— Relaxa, princesa. Você precisa comer alguma coisa.

— Eu não consigo — Annie protestou ao remexer com um garfo os ovos mexidos em seu prato, que já estavam frios. — Tudo parece ter gosto de areia na minha boca agora.

— Então, olha aqui. Pegue uma barrinha de cereais para mais tarde — ele instruiu ao retirar a barrinha do bolso frontal do seu moletom e empurrar para ela.

— Ok... obrigada. Desculpa por estar uma pilha de nervos.

— Tudo bem. Mas, veja, eu preciso ir me encontrar com os outros caras. Não sei como vão nos distribuir assim que chegarmos, mas, se eu puder, guardarei um lugar para você.

— Tudo bem, amor. Não se preocupe comigo, ficarei bem. Vou mandar uma mensagem para Keri e Erin para ver onde elas vão sentar. Você não precisa que eu fique me metendo junto da sua equipe. Você também tem que manter o foco agora.

— Valeu... ok, bem, quebre a perna.

Ao lembrar-se da tentativa atrapalhada de sua mãe com a gíria, quando seus pais a deixaram no aeroporto, Annie sorriu e respondeu:

— Não, só uma unha. — Quando Casey ergueu uma sobrancelha inquisitiva, ela sacudiu a cabeça e fez um gesto vago com a mão. — Nada... é só algo que a minha mãe disse antes que eu partisse.

— Eu te amo. Você vai se sair muito bem — ele disse com firmeza, abraçando-a apertado antes de beijar sua testa e levantar-se para deixar a mesa.

— Nossa, garota, ele é uma delícia — uma mulher mais velha e negra, que estava sentada na mesa ao lado da de Annie, comentou assim que Casey saiu. — É melhor não deixá-lo escapar, hein?

Annie fez uma careta e lançou um sorriso sem graça para a mulher antes de levantar e jogar no lixo as coisas de sua bandeja.

— Eu sei disso — ela murmurou, assentindo com educação para a mulher.

Enquanto isso, Keri respondeu sua mensagem, dizendo que ela e Erin estavam sentadas na parte da frente do auditório. Após usar o banheiro feminino, ela enviou mais uma mensagem para Keri e disse que logo se juntaria a elas, perguntando se poderiam guardar um lugar. Ela só precisava tomar mais um pouco de ar fresco e relaxar a mente por um minuto... antes que se descontrolasse e vomitasse o pouco de café da manhã que havia conseguido empurrar para dentro.

Quando chegou ao lado de fora e passou pelos seguranças, prometendo a eles que só precisava de alguns minutos antes de voltar para dentro, ela esbarrou em cheio em um entregador da FedEx que estava andando devagar pela entrada, fazendo-o derrubar o celular no qual estava digitando uma mensagem.

— Ai, meu Deus, me desculpe por não ter te visto aí! O seu celular... — ela começou a dizer, mas, quando olhou bem nos olhos verdes assustados que a encaravam de volta, seu queixo caiu. — É você! — ela exclamou, surpresa.

Os olhos dele brilharam conforme abria um sorriso, aparentando estar confuso por ela pensar que o conhecia.

— O cara da Erin, do Havaí. Você é o Mike — ela disse de uma vez, arrependendo-se no instante seguinte. Quem era ela para dizer a esse cara o quanto Erin falava dele ou o quanto ele ainda a afetava? E é claro que ele também não ficaria muito feliz em saber que Annie sabia que ele era muito bem dotado. Ao pensar nisso, seus olhos viajaram institivamente para a virilha dele.

— Você é amiga da Erin? Te conheço? — Mike questionou, hesitante.

Os olhos de Annie voltaram para o rosto dele, e ela sentiu que estava ficando vermelha.

— Não! Quer dizer, eu conheci a Erin ontem no aeroporto. — De fato, ela sabia que deveria calar a boca. Mike estava parecendo desconfortável, como se estivesse prestes a fugir. — Quer dizer, ela frequenta karaokê com uma garota que eu conheço, e nós todas fizemos testes para essa competição de talentos, e agora estamos aqui em Nova York porque estamos tentando ganhar o contrato de cinco milhões de dólares para termos nosso próprio show em Vegas.

As sobrancelhas de Mike se ergueram e ele abriu um largo sorriso.

— Sério? Você pode ganhar cinco milhões de dólares e o seu próprio show em Vegas? Pô, que irado! — Seu sotaque porto-riquenho do Brooklyn soou alto e claro.

Ah, que ótimo. Annie acabou de descobrir que o homem dos sonhos de Erin podia ser um interesseiro.

Ela tentou voltar atrás.

— Bom, só uma pessoa, ou um grupo, eu acho, pode ganhar, e a chance de alguma de nós vencer é muito pequena, mesmo que eu tenha certeza de que a Erin é uma cantora incrivelmente talentosa.

— A Erin canta? — ele perguntou, voltando a ostentar uma expressão confusa. — Eu não sabia disso.

— Sim, tenho certeza de que foi esse o talento que ela me disse que tem, embora eu nunca a tenha ouvido cantar. Mas ela está aqui em Nova York, então suponho que deve mandar muito bem. Como eu. Não sou profissional, mas amo cantar, e a minha voz não é tão ruim, então aqui estou eu, tagarelando para um cara qualquer no meio de Nova York quando eu deveria estar em algum lugar lá dentro fazendo meus aquecimentos vocais e sem vomitar. Me desculpe! Vou calar a boca agora. Eu só preciso sentar. É. Só por um minutinho.

— Ei, hã... seja lá qual for o seu nome...

— Annie. Meu nome é Annie Chang — ela recitou sem emoção alguma, ao sentar em um dos degraus, apoiando a cabeça nos joelhos e tentando desesperadamente acalmar seu coração acelerado e sua respiração.

— Ok, Annie. Você vai vomitar ou algo assim? Quer que eu chame alguém para você? Ou eu devo chamar aqueles seguranças para virem até aqui?

— Não! — Sua cabeça se ergueu em um átimo ao respondê-lo. — Não, isso não é necessário. Eu vou ficar bem. Só me dê um minuto.

— Ok... — ele disse ceticamente. — Pode tirar um minuto, mas, se não se sentir melhor logo, eu vou chamar aqueles caras. Você não parece muito bem. Está meio verde — ele apontou com franqueza ao se aproximar dela, colocando a mão em seu ombro.

— Eu vou ficar bem. É que este é o dia mais importante da minha vida. Não é nada de mais — ela disse, estremecendo diante do seu tom histérico. — É sério, eu estou bem.

— Você não parece bem — Mike retrucou com naturalidade ao afagá-la gentilmente nas costas.

Annie estreitou os olhos para ele.

— E você é tipo o quê, um expert nessas coisas?

Mike também estreitou os olhos, e então ficou de pé, checando a hora em seu celular.

— Bem, hã, meu intervalo acabou. Eu preciso ir.

— Desculpe, Mike. Eu não quis ser grossa. É que estou surtando um pouco agora.

— Um pouco?

— Ok, muito. Estou surtando muito, mas não deixe isso afetar o que você acha sobre a Erin. Tenho certeza de que ela vai adorar te ver. Deus, eu sou tão egoísta. Você quer que eu vá chamá-la para você?

Mike olhou para o celular mais uma vez e balançou a cabeça.

— Não, tudo bem. Eu não quero, tipo, atrapalhar a concentração dela ou algo assim. Falo com ela depois. Você vai ficar legal?

Assentindo, Annie lançou um sorriso torto para Mike.

— Foi legal te conhecer. Sinto muito por não ter sido sob circunstâncias melhores.

— Não esquenta. E, hã, quebre a perna, ou sei lá.

— Valeu.

— Até — ele disse, acenando rapidamente ao virar-se e colocar seus óculos de volta no rosto, descendo as escadas para dirigir-se à rua.

Annie conseguia entender por que Erin havia se apegado a ele. Seu sotaque tinha certo charme, e ele era muito atraente, sem dúvida. Aqueles olhos verdes eram incríveis. Balançando a cabeça, ela encarou a tela do celular para conferir a hora e gemeu. A orientação começaria em cinco minutos.

Quando finalmente sentou-se ao lado de Keri, Annie pensou que seu coração iria sair pela boca a qualquer momento. Ela podia sentir o sangue correr rápido por seu corpo, e as coisas pareciam se mover em câmera lenta e na velocidade da luz ao mesmo tempo. Ela lançou um olhar nervoso para Erin, que estava sentada do outro lado de Keri. Erin sorriu para ela timidamente e acenou.

Ai, Deus. Annie sorriu e acenou de volta. Ela decidiu que esperaria até mais tarde para contar a Erin que viu Mike lá fora. Ela sabia que poderia ser desastroso para a amiga se o fizesse naquele momento, correndo o risco de prejudicá-la na competição, então ela não mencionou nada e apenas perguntou como as duas haviam dormido. Elas estavam prestes a responder quando um homem bonito com cabelos cor de areia e vestindo um terno elegante surgiu no centro do palco, e começou a falar no microfone.

— Senhoras e senhores, sejam bem-vindos à primeira temporada do The Next American Superstar. Eu sou Kyle Atkinson, o apresentador. Sei que muitos de vocês fizeram longas viagens para chegarem aqui, e estamos muito felizes por tê-los conosco na Big Apple. Teremos que repassar vários atos hoje, então vou dar uma visão geral do cronograma rapidamente e então poderemos começar. Estão todos com seus crachás? Ótimo. Ok, agora vamos à programação do dia. Procurem pelo número que há em seus crachás no cronograma. É a hora aproximada em que irão se apresentar hoje. Por favor, certifiquem-se de estarem prontos meia hora antes do horário marcado. Se não conseguir encontrar o número do seu crachá no cronograma, meus parabéns! O seu teste anterior já lhe garantiu uma vaga para a próxima rodada de amanhã. Entretanto, talvez você queira ficar mesmo assim... e eu recomendo que faça isso. Observe sua concorrência. Tudo isso está sendo gravado, e, de acordo com as cláusulas que vocês assinaram, toda e qualquer filmagem pode ser utilizada, então lembrem-se de que esse é um programa familiar, pessoal. Comportem-se. Ok, isso é tudo. Não sei vocês, galera, mas eu estou muito animado. Vocês estão animados?

Os competidores bateram palmas e gritaram alto, enchendo o auditório de aplausos. Quando o barulho diminuiu, Kyle disse:

— Muito bem, então! Começaremos dentro de meia hora. Obrigado! — E retirou-se do palco.

Todos aplaudiram novamente, enquanto auxiliares começavam a se mover pelo auditório para entregar os cronogramas. Conforme cada concorrente conferia a programação, procurando pelo número que constava em seu crachá, alguns começavam a levantar para se prepararem. Aqueles que se apresentariam trocaram seus figurinos e fizeram aquecimentos de última hora. Os que já estavam a salvo até a próxima rodada decidiram ficar e assistir. Até aquele momento, ninguém havia sido estúpido o suficiente para ir embora e não ver o tipo de concorrência que teriam de enfrentar. Havia cinco milhões de dólares em jogo, e todos pareciam levar esse fato muito a sério. Isso fez Annie ter vontade de vomitar. Para ela, o dinheiro significava liberdade e a chance de fazer algo que ela ama como meio de vida, mas não queria que custasse a sua sanidade.

Nervosa ao examinar o cronograma, sentiu a respiração ficar presa na garganta quando viu o número do seu crachá listado para as dez horas. Isso significava que ela teria que estar pronta às nove e meia. Ela olhou para Keri e perguntou:

— Você se livrou?

Keri sacudiu a cabeça em negativa ao encarar o papel e suspirou.

— Não, estou escalada para as duas da tarde.

Erin disse que estava escalada para as nove e quarenta e cinco. Annie não tinha certeza se saber que Erin iria logo antes dela deveria deixá-la nervosa. Ela nunca a ouvira cantar antes, então não estava ciente do nível de ameaça que representava.

— Ouvi falar que há muitos cantores e eles farão todos se apresentarem hoje. E que vão escolher apenas quatro garotas e quatro garotos para continuarem — Keri disse ao pegar sua bolsa e se levantar. Ela virou-se e esperou Annie e Erin fazerem o mesmo. — Então, meninas, vamos nos aprontar e aquecer nossas vozes.

Annie virou-se para sair do auditório. Ela já estava usando a roupa com a qual pretendia se apresentar, mas queria retocar a maquiagem e fazer alguns exercícios vocais. Ela concentrou-se em ficar pronta e tentou não pensar sobre o momento em que subiria no palco e encararia todas aquelas pessoas. Para ela, isso seria como ter que ficar nua na frente de um monte de estranhos. Ela estava com medo de errar tudo, ou ser entediante e ser vaiada para fora do palco.

Já no banheiro feminino, encarando sua imagem no espelho, ela podia ouvir a voz de Alex em sua cabeça, dizendo-lhe para dar duzentos por cento de si — tudo o que ela tinha para oferecer e mais um pouco. Sem dúvidas, Annie sabia que era capaz de fazer uma ótima apresentação... mas será que isso seria o suficiente? Engolindo em seco, sua mão tremeu um pouco em sua tentativa de aplicar rímel nos cílios. *Apenas respire*, ela disse para si mesma. *Você pode fazer isso.*

Tardiamente, ela se perguntou qual seria a situação de Casey e sua equipe. Ela checou o celular, e é claro que havia uma mensagem dele.

Casey: *Ei, nós só iremos nos apresentar na próxima rodada amanhã, mas estou aqui sentado no meio da terceira fila, pronto para torcer. Você consegue, princesa!*

Annie sorriu aliviada por saber que não teria que se preocupar com ele nessa rodada e poderia focar apenas em si mesma. Ela seguiu as placas que guiavam até a área dos bastidores, onde ela deveria esperar sua vez. A princípio, ela foi colocada em uma sala verde com alguns outros concorrentes durante os primeiros trinta minutos, depois ela e Erin foram chamadas para se posicionarem e esperarem. Antes que a vez de Erin fosse anunciada, Annie deu-lhe um rápido abraço e lhe desejou toda a sorte do mundo. Erin a abraçou de volta com força e lhe desejou o mesmo, e então virou-se para entrar no palco.

Enquanto Erin se apresentava, dizendo que era originalmente do Havaí e agora morava em Los Angeles, Annie parou de respirar por um momento. Do lugar onde estava nos bastidores, ela só conseguia ver uma parte do auditório, mas havia uma quantidade de pessoas ali sentadas grande o suficiente para fazê-la querer ir embora sem dizer uma palavra.

Assim que a música começou, ela a reconheceu imediatamente. Erin havia escolhido *Back To Black,* de Amy Winehouse, e mesmo ainda no início da música, ela já estava arrasando. Annie balançou a cabeça com respeito ao sentir seu nível de nervosismo aumentar, conforme Erin continuava a cantar. Os aplausos ruidosos que explodiram quando Erin terminou sua apresentação foram bem intimidantes.

Depois disso, ela não teve mais tempo para pensar. Um dos produtores acenou para que ela se posicionasse logo atrás da cortina e esperasse pelo sinal para entrar no palco. Enquanto esperava, tudo o que Annie podia ouvir eram as batidas furiosas do seu coração. *Apenas respire. Apenas respire.*

Finalmente chegou sua vez, e ela caminhou até o centro do palco, onde haviam posicionado um suporte com microfone. As luzes a cegavam, e ela podia sentir o suor começar a cobrir sua testa. Ao pegar o microfone do suporte para se apresentar, ela disse seu nome e que era de Los Angeles. Ela viu e ouviu o grupo de Casey levantar de uma vez, aplaudindo com gritos e assobios para ela. Encantada e mortificada ao mesmo tempo, Annie abriu um sorriso e acenou para eles. Para seu alívio, a plateia riu, e ela deu um aceno discreto de cabeça para o técnico de som, indicando estar pronta e pedindo que começassem a tocar sua música.

Escolher uma música da Mariah Carey exigia muita coragem, mas seus instintos lhe disseram que ela precisava arriscar. Ela sentia que, se conseguisse se sair bem ao fazer isso e conquistar os jurados e os fãs, já seria privilegiada.

Quando os acordes iniciais começaram, o auditório foi ao delírio. *Always Be My Baby* era um clássico que sempre garantia a satisfação das plateias e, na opinião de Annie, tinha um alcance bom o suficiente para agradar aos jurados também. A empolgação vinda de todos no auditório era palpável, e ela sentiu como se algo se transformasse dentro dela. O nervosismo já era.

A dúvida já era. Tudo o que restou foi apenas uma garota que amava cantar.

Mas ela não cantou. Ela flutuou. Sua voz fez manobras habilidosas pelas notas, navegando com perfeição para o famoso alcance alto de Mariah com uma facilidade incrível. Annie esqueceu-se de que sentiu vontade de vomitar apenas minutos antes daquele momento. Ela esqueceu-se de que nunca havia se apresentado para uma plateia tão grande assim antes. Ela esqueceu-se de que era apenas uma cantora amadora de karaokê, e cantou com todo o seu coração, como se tivesse nascido para aquilo. Qualquer um presente ali podia ouvir e sentir isso. A certa altura, ela jogou as mãos acima da cabeça e começou a bater palmas no ritmo da música. As pessoas na plateia a acompanharam.

Assim que ela terminou de cantar, o auditório inteiro ficou de pé para aplaudi-la e dar gritos animados. Lágrimas repentinas desceram pelo rosto de Annie, que se entregou à emoção pura do momento. Era tudo com o que ela sempre havia sonhado. Poucos meses antes, ela nem acreditava ser possível. Ela achava que nunca chegaria a lugar nenhum com aquilo, e que ficaria presa em seu trabalho corporativo pelo resto da vida. Mas, não... ela chegaria sim a algum lugar, e tinha sim algo de especial para oferecer. E, pela primeira vez, ela estava começando a acreditar nisso.

Ao olhar para a plateia, seus olhos encontraram os de Casey, vendo-o ali de pé com o peito inflado, sorrindo largamente para ela ao aplaudi-la junto com o resto da multidão. Ele parecia tão orgulhoso, e ela então percebeu o quão feliz estava por ele poder presenciar aquilo, compartilhar essa experiência. Ele era sua rocha, e sabia exatamente como encorajá-la e incentivá-la.

Annie se juntou a Erin nos bastidores e elas se abraçaram e choraram de felicidade uma pela outra. Em seguida, as duas foram para o banheiro feminino para se recompor e, então, juntaram-se à plateia no auditório. Quando chegou a vez de Keri, elas a aplaudiram e torceram. Ela havia escolhido uma música da Pink, *Fuckin' Perfect*, claro que deixando de fora os palavrões, já que era um programa familiar. Ela fez uma ótima apresentação e não errou nenhuma nota, mas, por algum motivo, pareceu que a plateia não respondeu com tanto entusiasmo quanto fez com Erin e Annie.

Quando os resultados foram pendurados nos corredores ao fim do dia, todos se amontoaram diante das listas em busca dos números de seus crachás. Erin encontrou o seu primeiro e gritou, pulando sem parar. Annie viu seu número logo embaixo de onde Erin estava apontando no papel e começou a pular junto com ela. Keri não estava na lista, e acabou chorando copiosamente enquanto as duas amigas afagavam suas costas, um tanto sem jeito. Aquilo poderia facilmente ter acontecido com elas também.

Após se despedirem, os concorrentes restantes foram informados de que teriam que se apresentar a partir das sete da manhã do dia seguinte. Annie enviou uma mensagem para Casey, para ver quais os planos para o jantar, mas ele disse que iria sair com os caras do seu grupo, se ela não se importasse. Ela respondeu dizendo que o veria mais tarde. Annie, então, virou-se para Erin e perguntou se ela queria se aventurar por aí e encontrar algo para comer, talvez em algum lugar que ela conheceu em suas viagens anteriores para Nova York. O rosto de Erin se iluminou de animação imediatamente e ela assentiu.

— Quero sim! Vamos à Times Square. Está pronta para a sua primeira experiência no metrô?

Annie deu uma risadinha nervosa.

— Hã, sim, claro! Por que não? Você estará lá para me proteger.

Erin riu.

— Não é tão ruim como você pensa. Não se preocupe. Eu estava apavorada na minha primeira vez, mas, na terceira, eu já era profissional. E os nova-iorquinos não são tão rudes quanto mostram em filmes.

— Sério? Que legal. É, eu sempre pensei que as pessoas em Nova York seriam muito rudes. Especialmente os taxistas.

— Bom, todas as pessoas para as quais pedi ajuda nas vezes em que me perdi foram bem gentis. Perguntei a um amigo que mora aqui sobre isso, e ele disse "É, só não fique no nosso caminho quando estivermos com pressa para chegar a algum lugar, e seremos bem legais". Agora, sobre taxistas, eu não sei. Eu uso Uber, e todos os motoristas sempre foram ótimos.

— Ai, meu Deus, como não amar Uber?

— Pois é. Eles são os melhores! Você prefere pegar um Uber, então?

— Não, que se dane. Quem tem boca vai a Roma, não é? Vamos pegar o metrô.

— Haha, ok!

Conforme percorreram o curto caminho até a estação de metrô mais próxima, Annie, hesitantemente, resolveu tocar no assunto que vinha evitando durante o dia inteiro.

— Ok, bom... espero que você não fique brava pelo que estou prestes a te contar, mas mantenha em mente que eu só estava pensando no seu bem.

Erin lançou-lhe um sorriso confuso.

— Ok...

Respirando fundo, Annie contou o que acontecera naquela manhã, quando ela saiu para pegar um pouco de ar e acabou encontrando Mike. Os olhos de Erin foram se arregalando conforme Annie foi contando, mas ela não disse nada até que a amiga terminasse.

Assim que o trem chegou, Erin embarcou e Annie a seguiu. Não havia assentos vagos, então as duas seguraram na barra superior e se aconchegaram uma perto da outra. Assim que o trem partiu, Erin continuou a conversa.

— Ainda estou chocada por ele ter vindo. Eu disse onde estaria hoje e perguntei se queria ir jantar comigo depois que ele saísse do trabalho. Não pensei que ele viria até o teatro.

— Bem, garota, agora eu entendo por que você é tão caidinha por esse cara.

— Não é? Eu não sei o que ele tem. Ele é tão... delicioso.

— Ele definitivamente tem seu charme. E aqueles olhos verdes são sexy pra cacete!

Erin assentiu.

— Eu sei. São olhos de garoto bonitinho, mas ele é tão masculino. Como se soubesse exatamente o que quer na cama e conseguisse. É tão... é, não tenho palavras. É muito excitante. Ele me desperta instintos selvagens. Mas acho que ele não quer tentar o lance de relacionamento à distância.

— Relacionamentos à distância são péssimos. Quer dizer, tecnicamente, eu nunca tive um, mas isso porque meu namorado do ensino médio nem ao menos quis tentar. Ele terminou comigo antes de ir fazer faculdade em Boston. E o Casey mora em Los Angeles, mas ele está fazendo turnê pelo país agora, então só o vejo uma vez a cada duas ou três semanas.

— Então, você acha que eu deveria mandar mensagem para ele agora?

— Claro. Veja se ele pode sair para jantar amanhã com você.

— Pode ser o meu último jantar aqui em Nova York, se eu não me sair bem nos testes de amanhã.

— Garota, você arrasou hoje! O que te faz pensar que não poderá fazer o mesmo amanhã?

— Ah, agora estamos falando sobre quem arrasou, senhorita "Eu faço a Mariah Carey soar como uma cantora de karaokê"?

Annie ficou vermelha e abriu um sorriso enorme para Erin.

— É a coisa mais legal que já me disseram.

— Eu só falo a verdade, mocinha. A sua voz é fantástica. Só um aviso: estou pensando em colocar laxante no seu café amanhã de manhã.

Rindo, Annie balançou a cabeça assim que o trem chegou a uma parada.

— Não acho que você tenha algo com que se preocupar. A sua música foi incrível! Eu adoro Amy Winehouse.

— Ela era uma das melhores, sem dúvidas — Erin concordou, e elas saíram do trem, seguindo pelas escadas e saindo bem na Times Square. — Que pena ela ter morrido de overdose de álcool. Minha irmã caçula é uma artista, talentosa pra caramba, inclusive, e uma vez eu pedi que ela pintasse um trio de retratos para mim como presente de aniversário. Eu queria Audrey Hepburn, Adele e Amy Winehouse. Minhas três damas "A".

— E ela fez?

— Aham. Eles estão pendurados na parede da minha sala de estar.

— Isso é o máximo. Então, a sua irmã vive como pintora?

— Não, ela é tatuadora, na verdade. Mas seja lá qual for o tipo de arte que ela tente fazer, ela se supera.

— Deve ser complicado ser tão talentoso assim.

— Nem me fale. Todo e qualquer rumo criativo que eu já quis seguir, ela tentou e fez melhor do que eu. Não é justo, caramba!

— Ok, mas quem é que está competindo nas finais do The Next American Superstar agora?

— Verdade.

Após verem as filas enormes esperando do lado de fora dos restaurantes mais chiques, elas escolheram comer hambúrgueres no Five Guys, e depois foram andar pela Times Square. Elas comparam lembrancinhas e tiraram fotos uma da outra para mandarem para suas famílias. Erin enviara uma mensagem para Mike antes de ir jantar, mas ele só respondeu quando elas já estavam perto do hotel. Ele disse que tinha planos com a família, mas que talvez estivesse livre na noite seguinte. Pronta para um banho longo e uma boa noite de sono, Annie disse que iria para a cama, mas antes ela deu um abraço apertado em Erin e pediu a ela que ficasse firme e a mantivesse informada sobre o lance com Mike. Exausta devido ao estresse do dia, Annie adormeceu assim que sua cabeça pousou no travesseiro.

Capítulo 6

Annie despertou ao ouvir o ronco de Casey na manhã seguinte. O braço dele estava sobre seu peito, uma de suas pernas a envolvia, e a boca dele estava aberta bem próxima à orelha dela, fazendo o volume do seu ronco sair muito alto. Afastando-o com o cotovelo, ela tentou rolar para fora da cama, mas, antes que conseguisse, uma mão a puxou pelo braço, aconchegando-a de volta no colchão.

Protestando, ela lutou contra ele quando sentiu sua mão deslizar para cima em sua perna, até agarrar sua bunda com firmeza.

— Não temos tempo para as suas travessuras, mocinho. Precisamos nos aprontar — Annie o repreendeu ao tentar, em vão, se contorcer para libertar-se do seu aperto.

A resposta dele foi soltar a bunda dela e escorregar a palma até o meio de suas pernas. Ela arfou ao sentir os dedos dele empurrarem sua calcinha para o lado, para então um deles a penetrar gentilmente, fazendo-a fechar os olhos ao gemer e pressionar-se contra ele, já querendo mais. Casey bombeou o dedo para dentro e para fora dela algumas vezes. E então, de repente, ele o retirou, e Annie sentiu a cama se mover quando ele se levantou. Os olhos dela se abriram de uma vez para vê-lo escapar para o banheiro.

— Ei! Não é justo! Isso é trapaça! — ela reclamou, e ele riu e fechou a porta do banheiro. No mesmo instante, o alarme do celular dela começou a soar. Ela alcançou o aparelho para desligá-lo e viu que tinha uma mensagem não lida.

Alex: *Já que ainda não tive notícias suas, estou deduzindo que as coisas estão indo bem. Cruzando os dedos das mãos e dos pés por você! Arrase com eles, como eu sei que você consegue! Te amo.*

Ela sorriu e respondeu.

Annie: *Obrigada pela mensagem! Também te amo :) Até agora, Nova York tem sido o máximo! Mal posso esperar para conhecer ainda mais.*

Ela fez alguns aquecimentos e ensaiou a apresentação da sua próxima audição. Casey não demorou muito no banho, e, assim que ele terminou, ela seguiu para sua vez no chuveiro. Ele lhe disse que iria pular o café da manhã para encontrar seu grupo de dançarinos, para ensaiar. Assim que Annie terminou o banho, ele estava escovando os dentes e pronto para sair. Após ela se enrolar em uma toalha, ele enxugou a boca e as mãos e se aproximou para envolvê-la em um abraço forte, no qual ele pousou o queixo no topo da sua cabeça. Os braços dela automaticamente deslizaram ao redor da sua cintura, para se aconchegar melhor contra ele. Eles ficaram assim por um minuto, apenas sentindo um ao outro em um abraço confortável.

Por fim, Casey beijou sua cabeça e se afastou suavemente, mas ainda pousou as mãos em cada lado do rosto dela e trouxe sua boca para a dele. Ele a beijou com suavidade e ternura, antes de olhá-la nos olhos e sorrir, os olhos verdes brilhando.

— Você me faz tão feliz, princesa.

Annie não pôde evitar o sorriso iluminado que lançou para ele.

— Igualmente, mocinho. Quebre a perna hoje. Eu sei que você vai se sair incrivelmente bem hoje.

— Claro que vou. Eu tenho meu principal amuleto da sorte aqui comigo. Não tem erro. — Ele piscou para ela, beijou seu nariz e tocou seu queixo. — Te vejo mais tarde?

Annie assentiu e ficou nas pontas dos pés para beijá-lo e abraçá-lo mais uma vez. Quando ele virou-se para sair, ela deu um tapinha na bunda dele.

— Manda ver, tigrão!

Erin juntou-se a ela para o café da manhã antes que fossem para o auditório, onde encontraram assentos no meio da parte frontal. Elas já haviam conferido o cronograma e viram que os grupos de dança se apresentariam primeiro, e a vez dos vocalistas seria lá pelo fim do dia. O grupo de Casey seria o terceiro, mas ela não os estava vendo em lugar nenhum, então deduziu que deveriam estar fazendo um último ensaio.

Revirando-se em seu assento, Annie olhou bem ao redor, conseguindo ver a gama enorme de artistas talentosos esperando por sua chance de provar que valiam um contrato em Vegas de cinco milhões de dólares. Ela abriu um sorriso caloroso para uma garotinha que usava trancinhas nos cabelos castanhos cacheados e um vestido branco de rendas, e estava sentada no meio de um casal bonito logo atrás dela.

— Olá! — Annie disse para a garotinha. — Qual é o seu nome?

A menininha sorriu, mas logo escondeu o rosto, parecendo extremamente envergonhada. O casal riu e o pai afagou o joelho da filhinha.

— Está é a Lara, e ela está bem tímida no momento, embora seja extrovertida normalmente — ele respondeu com uma piscadela.

— Ah, tudo bem. Quantos anos ela tem?

— Acabou de completar cinco anos, este mês.

— Uau, já é uma mocinha! — Erin falou ao sorrir para Lara.

Annie sorriu e acenou para a garotinha.

— Oi, Lara! Meu nome é Annie, e está é minha amiga, Erin. Nós estamos aqui para cantar. E você?

A menina as espiou, fazendo as duas suspirarem e darem risadinhas diante de sua fofura. Depois de esconder o rosto na lateral do corpo do pai por mais um minuto, Lara finalmente lançou outra espiada para elas e assentiu timidamente.

— Sim, eu vou cantar *Somewhere Out There*, porque é a minha música favorita, e faz a minha mamãe chorar, mas ela diz que são lágrimas felizes. Então é isso que eu vou cantar.

— Oh, eu adoro essa música! — Annie exclamou ao abrir mais um sorriso radiante para Lara, fazendo a menina corar, rir e esconder o rosto novamente.

Quando Lara finalmente tornou a olhá-las, perguntou a Annie:

— O que você vai cantar?

— *Georgia On My Mind*.

— Eu não conheço essa música.

— Bem, espero que você goste. É uma das minhas prediletas.

— Ela faz a sua mamãe chorar?

Annie riu e assentiu.

— Sim, faz a minha mamãe chorar, mas ela também diz que são lágrimas felizes.

— As mamães têm que dizer essas coisas mesmo, porque elas são crescidas — Lara informou com naturalidade.

— Bem, que bom que nós fazemos as nossas mamães chorarem quando cantamos.

— É, o meu papai disse que é assim que sabemos que somos muito boas. Quando conseguimos fazer as mulherzinhas chorarem.

O pai de Lara limpou a garganta e suas bochechas coraram um pouco conforme afagou a filha e lançou um sorriso sem graça para a esposa, que agora o encarava com um olhar suspeito.

— Ok, querida, que tal não contarmos os segredos do papai às moças gentis?

Annie e Erin riram e sorriram com doçura para os pais de Lara antes de virarem de costas novamente, endireitando-se em seus assentos.

No mesmo instante, Kyle Atkinson entrou no palco e todos aplaudiram com entusiasmo. O apresentador explicou brevemente que a próxima rodada de eliminações estava prestes a se iniciar, começando pelos dançarinos.

O primeiro número foi de um grupo de hip hop composto por seis rapazes e quatro garotas, especialistas em movimentos de *street dance*. Eles já se apresentavam juntos há dois anos e se chamavam East LA Dance Crew. Eles eram tão bons que, após terminarem, Annie ficou um pouco preocupada e trocou um olhar com Erin, que tinha a mesma expressão.

— Uau. Vai ser um pouco difícil superar eles — Erin disse. — Eles são muito bons mesmo.

— Eu sei.

— Mas você disse que o Casey e o grupo dele são incríveis, não é?

— Eu disse que o Casey é incrível, mas só o vi como dançarino de Kayla. Eu nunca o vi se apresentar com seu grupo. Quer dizer, estou deduzindo que eles são incríveis, porque, se não fosse assim, não teriam chegado até aqui, não é?

Erin riu e ergueu as mãos.

— Ei, calma, garota! Eu não estou desmerecendo o seu namorado, ou o grupo dele. Não precisa ficar na defensiva. Tudo o que eu disse foi que vai ser difícil para qualquer um superar o ELADC. Mas tenho certeza de que o seu homem manda bem, ou ele não teria chegado até aqui, como você disse.

— Desculpe, eu só estou nervosa por ele. Eu quero tanto que ele ven...

— Annie interrompeu-se. — Que ele se saia bem — completou, sem jeito.

— Garota, isso não me agrada nem um pouco. Não sei se eu conseguiria competir com o homem que amo. Mas você está aqui. Então dê tudo de si ou desista logo, mas não entregue a coroa para ele antes mesmo dessa merda ter começado. Se ele que deve ganhar, se você que deve ganhar, não importa. Deixe que ele faça por merecer, de um jeito ou de outro.

Annie sorriu para sua nova amiga.

— Você é bem incrível, sabia? E nem estou falando sobre o seu talento vocal, garota. Que, por sinal, você tem pra caramba.

— Awn! Estamos sendo mulherzinhas melosas agora? — Erin disse, provocando Annie ao torcer o nariz.

Rindo, Annie balançou a cabeça.

— Estávamos, mas não se preocupe, já acabou, prometo. Você já preencheu a sua cota do dia.

— Uhuu! — Erin falou no momento em que as luzes piscaram, indicando que outra apresentação estava prestes a começar.

O próximo número foi apresentado por quatro pequenas bailarinas usando tutus cor-de-rosa e roxos, que fizeram uma dança de O Quebra-Nozes. As duas garotinhas mais velhas tinham dez anos e se apresentaram como Julia e Olivia, e suas irmãs mais novas, Lilah e Mya, tinham oito anos. A única diferença perceptível entre elas era que as mais velhas tinham mais ou menos dois centímetros de altura a mais do que as caçulas.

Durante o intervalo seguinte, Annie permaneceu sentada, com os olhos bem fechados, enquanto rezava silenciosamente para que Casey e seu grupo botassem pra quebrar em sua primeira apresentação para as finais. Erin achou que seria mais sábio da parte dela ficar quieta, e não emitiu um único som até o momento em que as luzes piscaram novamente.

— E lá vamos nós — Erin disse, segurando a mão de Annie e a apertando.

Annie agarrou com força a mão da amiga e abriu um sorriso nervoso.

— É hora do show — Annie sussurrou no escuro e esperou a música começar.

Os acordes iniciais de *Black or White*, de Michael Jackson, começaram a tocar, e dois holofotes iluminaram os dois primeiros integrantes do grupo de Casey, que logo começaram a se movimentar, fazendo a plateia gritar em resposta. Quando Annie viu o próximo holofote iluminar Casey, ela e Erin pularam de seus assentos e começaram a gritar e aplaudir. Isso continuou até que todos os rapazes estivessem iluminados pelos holofotes, e então Casey deslizou até o centro, de onde ele guiou o resto do grupo com movimentos perfeitamente sincronizados, em uma mistura de estilos de Michael Jackson e Justin Timberlake. Quando a música mudou, Casey começou a fazer movimentos tradicionais de *break dancing*, até começar a girar com a cabeça apoiada no chão.

Annie adorou ver que seu namorado e o grupo pareciam ter a multidão já comendo nas palmas de suas mãos. Ela teria se sentido péssima se Casey tivesse sido eliminado antes dela. Em um mundo perfeito, os dois chegariam à grande final, e então um deles venceria e o outro sorriria feliz pela vitória. Mas, com a quantidade de talentos ali em Nova York, Annie apostava que eles seriam sortudos caso chegassem ao menos ao top dez.

Casey e seu grupo começaram a botar pra quebrar ao começarem a executar movimentos intrincados, que Annie sabia que faziam parte de um estilo de hip hop mais complicado chamado *animation*. Ela adorava vê-lo dançar sempre que tinha chance, mas aquela foi a melhor apresentação dele que ela já havia presenciado. Ele estava fazendo o que nasceu para fazer, e era sexy pra cacete. Annie sabia que teria que, em algum momento, arrancar garotas de cima dele, mas, por enquanto, ela estava tentando aproveitar o momento e comemorar a resposta positiva que a plateia estava dando a ele.

Assim que a música terminou, Annie aplaudiu fervorosamente, junto a todos que estavam ali. Casey e os rapazes ficaram no centro do palco e passaram o microfone um para o outro ao se apresentarem. Casey começou dizendo que o nome do grupo era Pure Flow e que a maioria deles começara a se apresentar juntos há mais de dez anos. Quando ele disse seu nome, uma garota gritou:

— Ei, gato! Você é solteiro?

Rindo, ele sacudiu a cabeça antes de passar o microfone para Chris, um dos integrantes do grupo que Annie reconheceu da festa no apartamento de Casey. Ela abriu um sorriso radiante para o namorado, feliz por ele não fingir que era solteiro só para manter as aparências. Eles saíram do palco, e, mais ou menos meia hora depois, Casey chegou ao assento vazio que Annie havia guardado para ele.

— Você foi magnífico! — ela sussurrou na orelha dele quando ele se inclinou para beijar seu pescoço.

— Valeu, princesa — ele murmurou de volta na orelha dela.

O restante das apresentações do dia até que passou rápido. Havia alguns competidores muito questionáveis, que fizeram Annie ter quase certeza de que estavam ali somente para terem algo que passar na TV, como um pinguim que conseguia andar para trás e uma garota cujo talento era prender a língua em uma tábua de madeira com um prego sem que sangrasse. Mas também havia surpresas agradáveis, como um mágico adolescente que acabou apresentando um dos números favoritos de Annie, e uma senhora mais velha que tinha muito jeito para comédia, mas ainda não havia tido sua grande chance.

Assim que a noite foi chegando e as apresentações dos cantores foram anunciadas, Annie estava se sentindo bem esgotada, e sua bunda estava dolorida por ter passado tanto tempo sentada. Ao seguir pelo corredor que levava até os bastidores, ela fez alguns alongamentos com o pescoço enquanto cantarolava a música que estava prestes a apresentar. *Georgia On My Mind* era um clássico, e Annie sabia que, contanto que não ferrasse aquilo, tiraria de letra.

Quando chegou sua vez de entrar no palco, ela respirou fundo e fechou os olhos por alguns segundos, para depois abri-los e absorver tudo naquele auditório. Era o que ela sempre sonhou. Estava realmente acontecendo. Ela podia sentir o calor das luzes ao ficar de pé ali. Ao pegar o microfone à moda antiga do suporte e começar a cantar as palavras já tão familiares, Annie fechou os olhos novamente e balançou-se de um lado para o outro, ouvindo Ray Charles cantar junto com ela. Era uma de suas músicas preferidas, e nunca falhava na hora de agradar uma plateia. Ela podia sentir os arrepios em seus braços ao entoar o último refrão, junto à emoção que emanava dela conforme sua voz ecoava pelo auditório.

Ao cantar a última nota, seus lábios se curvaram em um sorriso largo. Ela sabia que havia conseguido fazer jus à música. Os aplausos que irromperam logo depois confirmaram isso, e o coração de Annie flutuou enquanto ela se regozijava com a aceitação que irradiava sobre ela. Aquelas pessoas amaram sua voz. Elas apreciaram o dom que ela tinha e compartilhou com elas. Elas a fizeram sentir em casa.

Já era tarde quando a última pessoa terminou sua apresentação vocal naquela noite. Erin e Annie juntaram-se a Casey e seu grupo, que foram direto para um restaurante local que ficava aberto vinte e quatro horas. Enquanto esperavam seus hambúrgueres com fritas ficarem prontos, Erin mostrou a Annie uma mensagem que Mike havia acabado de lhe enviar. Ele estava ali por perto e se ofereceu para aparecer e juntar-se a eles.

Erin estava praticamente quicando na cadeira de tanta empolgação. Annie não teve coragem de dizer que aquilo seria provavelmente um erro, então limitou-se a apenas sorrir e dizer que ele seria bem-vindo. Erin não perdeu tempo e mandou uma mensagem para ele, e, quinze minutos depois, o Sr. Olhos Verdes em pessoa apareceu, com seu charme sexy tão peculiar. É, Annie podia ver por que Erin era tão apaixonadinha por aquele cara.

Mike era engraçado, charmoso e respeitoso com mulheres, e mesmo que ela quisesse odiá-lo por Erin, Annie acabou gostando dele. Casey pareceu gostar também. Ela se inclinou um pouco para espiar a conversa deles e acabou ouvindo-os discutindo sobre um game chamado *League of Legends*.

Casey disse que não tinha muito tempo para jogar, mas Mike contou a ele sobre o quão avançadas as coisas estavam se tornando e como criaram um esporte ao vivo baseado nesse jogo de estratégias online. Erin admitiu que havia começado a jogar por causa de Mike. Embora ela não tivesse muito tempo, ele a convenceu a tentar. Para a alegria de Erin, Mike ainda passou algumas horas com eles antes que voltassem para o hotel.

Quando ela estava prestes a se virar e abraçar Annie para lhe dar boa noite, Mike disse:

— Bem, acho melhor eu ir embora.

— O quê? — Erin perguntou, um pouco alto demais, e encolheu-se envergonhada diante do volume do seu tom. — Você já vai? Não quer subir comigo e ficar mais um pouco? — ela perguntou mais baixo, aproximando-se dele.

— Não, tenho que levantar cedo amanhã para trabalhar, então é melhor eu ir para casa.

— Mas você podia ficar comigo aqui esta noite — ela protestou, tentando controlar o tom desesperado de sua voz e falhando miseravelmente.

— Nah, é que, sabe, eu tenho uma reunião de manhã cedo antes do meu turno começar, e não tenho me sentido muito bem ultimamente. Preciso ir para casa e descansar um pouco. Tudo bem?

Erin apenas assentiu, parecendo um tanto em choque. Ele sorriu e se inclinou para beijar sua bochecha e despedir-se com um abraço. Ela o abraçou e acenou sem graça conforme ele se afastava da frente do hotel.

— O que diabos acabou de acontecer? — Erin exaltou-se ao observá-lo ir embora.

— Hummm, eu não sei dizer.

— Por que ele não quis ficar? Por que ao menos se daria ao trabalho de aparecer se ia só conversar por algumas horas e depois cair fora? Eu nem ia encher o saco dele pelo que aconteceu na última vez em que estive aqui. Eu só ia transar com ele e pronto! Tipo, pelos velhos tempos.

— É, sei lá, cara.

Erin sacudiu a cabeça, aturdida.

— Será que ele achou que eu não tinha meu próprio quarto? Achou que você está dividindo comigo? Talvez eu deva mandar uma mensagem.

Suspirando, Annie balançou a cabeça e apenas observou Erin sacar o celular e digitar uma mensagem, para depois começar a andar de um lado a outro no saguão, enquanto esperava por uma resposta. Após alguns minutos, ela voltou para perto de Annie.

— Aff, eu mandei uma mensagem, mas ele não respondeu. Vou tentar ligar. — Annie começou a dizer algo, mas Erin gesticulou com a mão para que ela ficasse quieta. — Desculpe, só um segundo. Quero ligar antes que ele chegue ao metrô.

Ouvindo o telefone chamar e sem nenhuma resposta, Erin mordiscou o lábio, nervosa. Por fim, caiu na caixa postal, e ela encerrou a chamada, olhando decepcionada para Annie.

— Ele não atendeu. Eu não acredito que ele veio, ficamos juntos, nos trouxe até aqui e apenas foi embora daquele jeito.

— Eu sei, que louco — Annie concordou, sacudindo a cabeça.

— Por que ele se prestaria a me trazer de volta ao hotel? — Erin se perguntou, incapaz de deixar para lá.

Annie deu de ombros.

— Não sei. Você disse que ele é um cara legal, não é? E que é isso que você gosta nele?

— É.

— Bem, então ele tem que manter essa imagem, sabe? De cara legal.

— Que besteira!

Annie apenas deu de ombros novamente.

— É o que é.

Suspirando, Erin deu um abraço em Annie.

— Certo, então, já que eu não vou transar esta noite, é melhor eu ir dormir. Acho melhor você ir também.

— É, com exceção de que talvez eu vá transar esta noite — Annie disse, piscando. Erin deu um tapa em seu braço como resposta.

— Vaca. Eu te odeio.

— Tudo bem. Entendo a sua dor. Te vejo de manhã.

— Ok. Mas eu provavelmente ainda vou te odiar amanhã.

— E se eu te trouxer cafeína?

— Talvez eu te odeie um pouco menos... especialmente se vier em forma de um latte de baunilha com leite de coco e amêndoas.

— Fechado — Annie disse.

As garotas se despediram e seguiram para seus quartos. Casey retornou pouco tempo depois, mas as sacanagens que ela havia planejado acabaram não acontecendo. Ele parecia estar preocupado com alguma coisa enquanto eles se aprontavam para deitar. Após escovar os dentes, ele caiu na cama e apagou a luz antes de puxar Annie para perto e cair no sono em questão de minutos. Annie bufou, exasperada, ao ouvi-lo começar a roncar baixinho. Quando ela teria um pouquinho de ação novamente?

Fechando os olhos, ela se obrigou a adormecer. Felizmente, ela estava exausta o suficiente para que o sono logo viesse.

Capítulo 7

Quando Annie acordou na manhã seguinte, Casey já havia saído. Ela olhou ao redor do quarto e viu que todas as coisas dele ainda estavam ali. Virando-se para o criado-mudo, ela viu um bilhete que ele havia rabiscado.

Ensaio cedo com os caras. Te vejo depois. Te amo.

Annie novamente se perguntou por que pensou que estar com Casey durante essa competição significaria que ela o veria com mais frequência. Aquele seria um dia de folga, enquanto os jurados estavam debatendo quem passaria para a próxima fase.

Ela mandou uma mensagem para Erin perguntando se ela queria fazer alguma coisa, mas, devido à rejeição de Mike na noite anterior, Erin não estava a fim de socializar e disse à amiga que, se ela prezava pela própria vida, lhe daria um pouco de espaço. Ela explicou pacientemente que precisava passar um dia se lamentando e que isso fazia parte do seu processo de recuperação. Sabendo bem como era uma merda ter o coração partido, Annie disse a Erin para fazer o que era preciso, e suspirou ao pensar no que deveria fazer com seu dia.

De repente, ela se animou ao lembrar-se de um restaurante que Erin recomendou para o café da manhã, chamado Clinton Street Baking Company. Parecia a oportunidade perfeita para experimentar as panquecas de banana e nozes com *maple syrup* que Erin disse serem fabulosas. Annie já estava salivando só de pensar. Assim que terminou de se arrumar, ela desceu e chamou um Uber.

Ao chegar ao restaurante acolhedor, Annie só precisou esperar dez minutos antes de sentar em uma mesa pequena que ficava entre a porta de entrada e outra mesa. Ela examinou o cardápio brevemente antes de decidir pedir mesmo as panquecas de banana e nozes e suco de maçã caseiro, dos quais Erin falou com muita animação. Quando experimentou sua comida e bebida, Annie pensou ter morrido e ido para o céu. Tudo era delicioso e estava quentinho e reconfortante, como se estivesse em casa.

Depois do café da manhã, Annie passou o resto do dia andando pela cidade, tirando dezenas de fotos e absorvendo com entusiasmo todas as paisagens. É claro que, ao usar o celular para tirar tantas fotos, ela acabou gastando toda a bateria. Ela estava voltando para o hotel, para se refrescar antes do jantar e recarregar o celular, quando se deparou com um rosto atraente e familiar no saguão.

Trey abriu um enorme sorriso assim que a viu.

— Oi, gata! — ele disse ao se aproximar para lhe dar um abraço e um beijo na bochecha.

— Oi! — ela cumprimentou de volta. — O que te traz à Big Apple?

— Ah, sabe como é, estou só curtindo com uma amiga minha. Ela está aqui para dar apoio ao irmão, que é parte de um grupo de dança. Ah, é, você está com o Casey. É, hã, o irmão dela, Austin, está no grupo de dança do Casey.

— Que legal — Annie disse. — Legal da sua parte vir junto e apoiá-lo também.

— É, você sabe, é assim que eu sou — ele respondeu com um sorriso maroto.

Annie sorriu de volta.

— Bem, se me der licença, preciso me recompor para o jantar. O Casey deve estar tentando me ligar, mas eu acabei com a bateria do meu celular tirando fotos pela cidade hoje.

— Bom, você pode até tentar ligar para ele, mas acho que ele, Trisha e o grupo já saíram para jantar.

— Espera aí. Trisha? Essa é a amiga que você veio apoiar?

— É. Mas a gente meio que brigou, por isso eu não fui com eles.

— E agora ela está jantando com Casey e os rapazes... e sem mim. Que ótimo.

— Bem, eu não tenho outros planos. Não estou dizendo que sou a melhor companhia do mundo para jantar, mas até que sou um substituto de última hora decente.

Annie riu e tentou se acalmar. E daí se Casey havia saído para jantar com Trisha e seus colegas de dança? O irmão dela fazia parte do grupo. Eles eram antigos amigos da família. Eles tinham uma história. Não havia nada que ela pudesse fazer para mudar isso. E Trey era uma distração atraente e disponível. Por que não? Annie assentiu ao concordar.

— Ok. Só vou subir para me retocar e te encontro aqui em quinze minutos.

— Estarei esperando — Trey disse, balançando a cabeça positivamente.

Ela se sentiu levemente culpada enquanto se arrumava para jantar com outro homem. Casey não estava sendo muito atencioso desde que eles chegaram a Nova York. Ela entendia que ele estava ali com seu grupo de dança, mas por que não a convidaram para jantar com eles? Por que podiam convidar Trisha e ela não?

Foi então que ela se lembrou de que seu celular estava desligado há algumas horas. Pegando sua bolsa, ela tirou o celular de lá e o colocou para carregar. Assim que estava com carga suficiente para religar, ela viu que havia várias mensagens de voz, e três delas eram de Casey. Primeiro, ele ligou perto das quatro horas e perguntou se ela já tinha planos para o jantar. Depois, ele ligou novamente mais ou menos às cinco, e disse que estavam indo para o restaurante, caso ela ouvisse logo a mensagem e quisesse se juntar a eles. A terceira havia chegado há uns dez minutos. Casey parecia bêbado... e um pouco irritado. Ele disse que achava que ele não importava o suficiente para que ela retornasse suas ligações, e pediu que ela não se desse ao trabalho de esperá-lo acordada.

Annie encarou a tela do celular, chocada. Por que Casey estava agindo assim? Só porque seu celular esteve desligado por algumas horas? E se isso tivesse acontecido por razões que estavam fora do seu controle? A última mensagem só a incentivou mais a ir jantar com Trey e aproveitar o máximo que pudesse. Então, foi exatamente o que ela fez.

Trey a levou a um pequeno restaurante italiano que ele adorava, e ela acabou se apaixonando pelo lugar também. A comida era impecável, os funcionários eram simpáticos e adoravam dar risadas, e a decoração era *clean* e clássica. E o vinho... a deixou viciada. Ela nunca fora muito fã de vinho tinto, mas, por algum motivo, nesta noite com Trey, ela estava apreciando bastante. Então, o vinho estava fluindo, a conversa estava leve e fácil, e a sobremesa foi de sacudir o mundo... Acabou sendo uma ótima noite. Annie jurava que nunca tinha provado um tiramisù tão bom quanto aquele. Ela até pensou em pedir a receita ao dono do restaurante, de tão bom que era.

Trey pegou a conta para pagar antes que ela tivesse a chance de ver, o que a deixou consternada. Ela queria mesmo dividir, para não dar a ele a ideia errada quanto ao que ela queria dele, mas decidiu deixar para lá. Se ele queria lhe pagar o jantar, que o fizesse. Então, ao invés de protestar, ela o agradeceu com sinceridade e abriu para ele um sorriso muito vitorioso.

Quando eles retornaram ao hotel, Trey ofereceu-se para acompanhá-la até seu quarto. Annie garantiu a ele que isso não seria necessário, mas ele insistiu em acompanhá-la ao menos até seu andar. Quando ela saiu do elevador, ele a seguiu, mas ela virou-se rapidamente para lhe dar boa noite antes que ele pudesse continuar seguindo-a. Ela havia começado a agradecê-lo pelo jantar quando, de repente, ele se aproximou e a beijou.

Pega de surpresa, ela permaneceu congelada no lugar, em choque, antes de finalmente reagir. Ela estava prestes a empurrá-lo para longe quando ouviu um toque suave anunciar que as portas do elevador estavam se abrindo, seguido de um arquejo alto de ultraje em uma voz feminina.

— Que porra é essa? — Essa foi a próxima coisa que ela ouviu e, para sua consternação, o palavrão foi proferido por Casey.

Annie afastou-se de Trey e o estapeou na cara.

— É, que porra é essa, seu babaca? — ela reagiu furiosa antes de virar-se para Casey e tentar explicar para amenizar o estrago.

Antes que ela pudesse dizer qualquer coisa, Trisha veio para cima dela.

— Qual é o seu problema, sua vadia? Está tentando roubar o meu namorado?

— Eu não sou seu namorado — Trey começou a dizer, mas Trisha girou para confrontá-lo em seguida.

— Ah, claro que você não é! Você só passa quase todas as noites na minha casa, eu lavo todas as suas roupas sempre que você volta da turnê, e nós fodemos quase todos os dias, mas você não é meu namorado, imagina! Então, o que eu sou para você, afinal?

— Trisha, nós estamos só nos curtindo. Eu já te disse isso um monte de vezes. Se você tirou outras conclusões sozinha, não é culpa minha.

— Olha aqui, seu babaca, eu acho que é melhor você ir embora agora — Casey disse em um tom ameaçador. — Você já fez merda o suficiente aqui.

— Ah, vai se foder, imbecil. Você já contou para a sua nova namorada que ainda está a fim da sua ex-namorada?

— Cala a boca, filho da puta!

— Opa, por que tanta raiva, cara? — Trey perguntou em um tom de deboche.

— Que ex-namorada? — Annie perguntou, curiosa, franzindo o rosto. O fato de Casey ter uma ex não a incomodava, mas, quando ela ouviu Kelli e Kelly falando sobre ele antes, elas fizeram parecer que ele nunca havia namorado sério antes. então, descobrir agora que ele tinha uma ex-namorada era um pouco confuso.

— Laura — Trey disse, ganhando outro olhar incisivo de Casey.

— Cara, cala a porra dessa boca! É melhor você sair logo daqui antes que eu dê um jeito nessa sua cara.

— Eu gostaria de vê-lo tentar — Trey retrucou ao dar passos adiante e inflar o peito.

Annie se pôs no meio dos dois homens furiosos para intervir.

— Ei, não precisam brigar! Casey, vamos logo para o nosso quarto. Trey, eu acho que você deveria ir conversar com a Trisha e resolver as merdas de vocês. Eu nem gosto dessa garota, mas ela não merece ser tratada como você a vem tratando.

— Não preciso de você para me defender, querida — Trisha repreendeu Annie.

— Que droga você está fazendo com esse babaca, mesmo? — Casey exigiu saber.

— Nós nos esbarramos e você já havia saído para jantar com a Trisha e os seus amigos, então nós jantamos juntos e nos fizemos companhia.

— Como você pode ver, ele não presta.

— Isso depende do ponto de vista — Trey murmurou. — Bem, dá para ver que não sou bem-vindo aqui, então eu vou para a cama. — Ele virou-se para apertar o botão do elevador e então olhou para Trisha. — Você vem? — ele perguntou, com uma sobrancelha erguida.

— Já que nós estamos dividindo o quarto, parece que não tenho escolha — Trisha resmungou, seguindo-o até o elevador assim que as portas se abriram. — Mas você vai dormir no sofá.

Quando as portas se fecharam, Annie tentou novamente.

— Quem é Laura? Quando estávamos em São Francisco, você me disse que nunca tinha conhecido uma garota com a qual quisesse namorar sério até me conhecer.

— Ah, qual é, Annie! Eu estava tentando ser romântico ao te pedir para ser minha namorada. É claro que eu disse aquilo. Mas, para ser completamente honesto... tá, tudo bem. É, eu tive outra namorada antes de te conhecer. A Laura.

— Como vocês se conheceram? Por quanto tempo namoraram? Quando terminaram? — Ela o bombardeou com uma pergunta atrás da outra.

Casey apenas a encarou por um momento, sem dizer nada, até finalmente suspirar e balançar a cabeça.

— Laura era outra dançarina com a qual eu saí em turnê. Nós namoramos por um tempo antes de irmos morar juntos.

— Entendi — Annie disse, analisando a expressão dele com cuidado, à procura de indícios de que ele ainda tinha sentimentos mal resolvidos em relação à ex. — Vocês ficaram juntos por quanto tempo?

— Sei lá, uns dois anos, mas só moramos juntos durante os últimos meses do nosso relacionamento. Terminamos quando eu cheguei em casa cedo do trabalho certa noite e a encontrei dando uns amassos com ninguém mais, ninguém menos que o Trey no meu sofá.

— Puta que pariu! Está falando sério?

— Sim. Eu disse para ela arrumar as coisas dela e ir embora naquela noite mesmo.

— Nossa, sinto muito. Eu não sabia.

— Não é bem algo que eu goste de falar sobre.

— Bem, agora faz sentido você odiar tanto o Trey.

— Eu não odeio o cara. Não vale a pena nutrir uma emoção tão forte assim por ele. Eu só não gosto dele. E, obviamente, não confio nele.

Annie balançou a cabeça.

— Eu também não confiaria. Mas espero que você ao menos confie em mim.

Casey a olhou com cautela.

— Eu confio em você. No entanto, você claramente não confia na minha palavra o suficiente para ficar longe daquele panaca. Ele é egoísta e egocêntrico. E acabou de tentar beijar você!

— Eu não pedi que ele me beijasse, e com certeza não correspondi ao beijo dele! — Annie protestou.

— Talvez não tenha beijado, mas acho que ele não teria tentado caso não tivesse a impressão de que você estaria disposta a receber um beijo dele.

— Então quer dizer que eu sou culpada por um cara que eu mal conheço querer enfiar a língua na minha garganta?

Casey apenas a encarou e sacudiu a cabeça novamente.

— Eu não quero mais brigar com você. Vou ficar no quarto do Chris esta noite. Falo com você depois.

E, com isso, Casey virou-se e a deixou ali. Annie estava furiosa. Ela não havia feito nada de errado, mas estava sendo tratada como se tivesse cometido uma traição grave. Bufando de frustração, ela girou nos calcanhares e seguiu pelo corredor até a porta do seu quarto, tateando em sua bolsa em busca da chave.

Precisando desesperadamente se queixar com alguém, ela ligou para Alex e lhe contou tudo. Ele a ouviu, emitiu murmúrios compreensivos nos momentos apropriados, e depois se desculpou por ter que encurtar a conversa.

— Escuta, amorzinho, eu preciso desligar, mas isso não significa que eu não esteja interessado em ouvir suas lamúrias. É que eu... bem, eu tenho um encontro esta noite, e ele chegará para me buscar a qualquer momento.

— Você tem um encontro? — Annie repetiu, soltando um gritinho empolgado. — Que bom! E não se preocupe. Desculpe por te atrapalhar enquanto estava se aprontando para o seu encontro. Posso me lamentar para você outra hora.

— Obrigado, e tente não se preocupar demais. Você e o Casey estão sob muita pressão no momento, e tenho certeza de que isso deve ser bem estressante.

— É, eu sei. Ok, então vá terminar de se arrumar. Espero que se divirta bastante, e eu quero saber tudo sobre esse novo cara quando você tiver tempo.

— Você quer dizer quando *você* tiver tempo, né! É você que está em Nova York competindo por um contrato em Vegas de cinco milhões de dólares.

Annie riu.

— Tudo bem, eu te ligo quando tiver outra chance.

— Tudo bem. Amo você! Nos falamos em breve.

— Amo você! Divirta-se!

Annie permaneceu sentada por vários longos minutos, encarando a porta do quarto, desejando que a qualquer momento ela ouvisse Casey bater, para pedir perdão e dizer que não conseguia dormir sem ela. Ela odiava estar sentindo um nó no estômago que parecia crescer cada vez mais a cada minuto. Quanto mais pensava sobre os acontecimentos da noite, mais zangada ficava. O que Alex havia dito era verdade. Ela e Casey estavam sob muita pressão, e era uma situação muito estressante. Mas, ainda assim, ela não achava que isso era desculpa suficiente para ele ter ficado tão enfurecido por ela ter saído para jantar com um amigo, mesmo que fosse um amigo que queria tirar sua roupa, estivesse ela em um relacionamento sério ou não.

Assim que Casey finalmente explicou o motivo de sua aversão por Trey, tudo fez sentido, mas ela ainda não entendia por que ele não havia sido honesto com ela sobre toda a situação desde o início. Ela não esperava que ele nunca tivesse tido um relacionamento sério antes. Seria muito tolo da parte dela. É claro que ela não ia querer que ele ficasse falando o tempo inteiro sobre uma ex, mas apenas admitir que tivera uma namorada antes não a teria incomodado nem um pouco. Por que incomodaria? Ela também tivera outros relacionamentos antes dele.

Então, acabou que, só porque ele havia escolhido não ser honesto com ela sobre isso, ela não entendeu de cara a gravidade dos sentimentos dele quanto a Trey, e acabou causando esse desentendimento por motivos bobos. A vida era mesmo uma droga às vezes.

Suspirando, ela forçou-se a ficar de pé e foi para o banheiro tomar um banho. Talvez a água quente a ajudasse a relaxar e acalmar o suficiente para que pudesse dormir. O dia seguinte traria os resultados de quem passaria para a fase final e competiria na primeira rodada de gravações ao vivo.

Deixando seus problemas irem embora junto com a água que escorria por seu corpo, Annie sorriu consigo mesma. Ela estava confiante de que havia passado para a fase final. Só isso já era muito incrível. Se ela não fosse mais adiante do que isso, pelo menos poderia dizer que tentou e chegou até as gravações ao vivo. Quantas pessoas podiam dizer que haviam feito algo assim? E ela sabia que sua família e seus amigos ficariam imensamente orgulhosos dela por dar o melhor de si e ir atrás dos seus sonhos.

Quando terminou de se secar e deitou na cama, cansada, Annie estava se sentindo bem melhor. Seja lá o que tenha acontecido entre ela e Casey não tinha a menor importância no momento, e ela quase perdeu essa noção. Era hora de parar de se lastimar e começar a se concentrar em vencer a competição e conquistar o trabalho dos seus sonhos.

Capítulo 8

— Nós conseguimos! — Erin deu um grito agudo de animação, pulando em frente à parede do saguão onde os resultados haviam sido colocados, enquanto puxava o braço de Annie. — Nós passamos para a próxima rodada!

— Oba! Viva nós! — Annie também gritou com Erin ao sentir arrepios se formarem em seus braços.

Ela mal podia acreditar que isso estava mesmo acontecendo. Há menos de um ano, ela não era ninguém, presa em um emprego sem futuro e sem nenhuma esperança à vista de fazer algo mais interessante com sua vida, e agora veja onde ela estava: em Nova York, partindo para a primeira rodada de apresentações que seriam transmitidas em rede nacional. Era quase bom demais para ser verdade.

— Onde está o seu namorado? — Erin perguntou ao puxar Annie pelo cotovelo e movê-la do caminho, para que os outros competidores pudessem se aproximar para ver os resultados. — Parece que o Pure Flow também passou!

Annie revirou os olhos e suspirou.

— Nós brigamos ontem à noite, e ele dormiu no quarto do Chris. Não falei com ele desde que ele saiu irritado.

— Ah, não! O que houve?

— Longa história, mas eu saí para jantar com alguém que ele não gosta, e, infelizmente, ele acabou saindo do elevador bem na hora em que esse alguém tentou me beijar.

— O quê? — Erin arregalou os olhos. — Está falando sério?

— É, quem dera eu não estivesse. A princípio, eu estava feliz e me senti até um pouco convencida por um cara tão atraente querer me fazer companhia, já que Casey furou comigo para ir jantar com seu grupo e Trisha, mas logo me arrependi quando ele tentou enfiar a língua na minha garganta no hotel, após o jantar.

— Espera. Quem diabos é Trisha?

Annie não pôde evitar o sorrisinho.

— Foi exatamente isso que eu disse quando ouvi falar dela pela primeira vez, sabia?

— E? — Erin incitou.

— E o irmão dela, Austin, é um dos integrantes do grupo de Casey. Parece que eles são amigos há muito tempo. Acho que a amizade vem das famílias deles.

— Ah, entendi. E está rolando algo entre Trisha e Casey?

— Engraçado você perguntar isso. De acordo com ele, ela foi a fim dele por anos, mas ele nunca teve interesse. Ele só a enxerga como uma amiga da família, então a considera uma irmã.

— Mas ele te dispensou para sair para jantar com ela.

— Bem, não é cem por cento culpa dele. Eu fiz um passeio turístico pela cidade ontem o dia inteiro e a bateria do meu celular acabou, então ele não conseguiu me contatar para saber se eu iria jantar com eles.

— Então, como você acabou indo jantar com esse outro cara? Qual o nome dele, mesmo?

— Trey.

— Hummm, gostei.

— Ha! É, o nome e o cara são bem lindos, mas acredite em mim, você não quer se meter com ele. Ele é um dos dançarinos da Kayla Miles, e eu o conheci em São Francisco há alguns meses quando fui passar um fim de semana com Casey e assistir ao show.

— Então, o que ele está fazendo aqui em Nova York? Ele também veio fazer uma audição ou só para causar problemas para o Casey?

— Não. Parece que ele está saindo com a Trisha há um tempo e não quer assumir compromisso com ela, mas, mesmo assim, veio para Nova York com ela porque ela está apoiando o irmão e o resto do Pure Flow. Acho que eles discutiram antes do jantar, então ela acabou indo com os rapazes e deixou o Trey no hotel para se virar sozinho. Eu esbarrei com ele, que me chamou para jantar. Enfim, ela estava com o Casey quando eles voltaram ao hotel e viram o Trey tentando me beijar. Ela e o Casey ficaram muito chateados.

— E por motivos bem compreensíveis, né! Ela tentou arrancar os seus olhos?

— Haha, não, mas aposto que quis.

— Bom, pelo menos isso. Ela deveria querer arrancar os olhos do Trey. Não é sua culpa ele não querer se comprometer com ela.

— Eu sei... mas eu meio que sinto pena dela.

— Mesmo que ela esteja querendo o seu homem também? — Erin provocou.

— Foda-se isso. Ela pode ter o Trey, mas está louca se acha que vou deixá-la roubar o Casey. Ele é meu. Fim da história.

— E por falar no diabo... — Erin começou a dizer, mas ficou quieta no momento em que Casey as alcançou.

— Oi, Erin. Você se importa se eu roubar a Annie por um minutinho? — ele perguntou após cumprimentá-la com um abraço rápido e um beijo na bochecha.

— De jeito nenhum. Eu preciso ir ao banheiro, mesmo.

Depois que Erin saiu, Casey limpou a garganta antes de falar.

— Ei, hã, escuta... eu sinto muito por ontem à noite. Eu sei que posso ter exagerado, mas, quando vi o Trey te beijando, tudo ficou vermelho.

— E eu entendo isso, mas o que me chateou foi você realmente achar que eu o beijei de volta. Me incomoda saber que você pensa que eu sou o tipo de garota que faria algo assim.

Casey assentiu e fez uma careta.

— Eu sei que você não é.

— Então você deveria começar a agir como se confiasse em mim. Eu confio em você quando precisa ficar fora por semanas, com todas aquelas mulheres bonitas se jogando em cima de você quando não estou por perto. Você faz ideia do quanto é difícil não deixar a minha imaginação tomar conta de mim e me fazer pensar que você pode ter algum momento de fraqueza e ceder a alguma delas? Me mata saber que você está a centenas de quilômetros de distância de mim, e às vezes é difícil não pensar que talvez, um dia, essa distância vai ser demais e você não vai mais sentir a minha falta, ou que vai conhecer outra pessoa de quem vai gostar mais. Mas eu acreditei em você quando disse que me amava.

— Eu fui muito sincero, e aprecio muito que confie em mim. Por favor, não pense que eu sou um babaca que não dá valor a isso. Eu sei que não é fácil ficar longe com tanta frequência.

— É uma tortura, baby.

Casey sorriu diante da expressão aflita de Annie. Ele se inclinou e lhe deu um beijo leve no nariz.

— Desculpe. Não vai ser assim para sempre.

— Essa vai ser a sua última turnê?

— Hã, não. Pelo menos, eu espero que não.

— Então, por quantos anos continuará a ser assim?

Suspirando, Casey esfregou o rosto.

— Eu não sei, amor. E também não sabemos o que o futuro tem guardado para nós. E se você ganhar essa competição e tiver que ir fazer shows em Vegas?

— Bem, pelo menos eu estarei em um só lugar, e não viajando o tempo inteiro. — Annie mordeu o lábio e olhou bem para ele. — Nós ainda não falamos sobre isso, sabe... sobre o que vai acontecer se algum de nós dois vencer a competição e tiver que se mudar para Vegas.

— Eu sei.

— Você... você pensaria em se mudar para Vegas se eu ganhasse?

— Claro que sim. Eu não sei se conseguiria de imediato, mas estou aberto a isso com certeza. E você?

— Sim, contanto que eu possa arranjar um emprego por lá, eu me mudaria por você.

Casey a puxou para seus braços, beijando o topo da cabeça dela.

— Ok, então, estamos combinados. Você me perdoa por ter exagerado?

— Uhum — Annie concordou. — E você me perdoa por ter sido uma idiota e acreditado que o Trey só queria sair para jantar comigo?

Um rosnado escapou dele, a princípio, mas ele concordou em perdoá-la também.

— Nada de outros jantares com o Trey. — Depois, ele pediu: — Por favor.

— Nada mais com o Trey, amor. Confie em mim. Não quero nada com alguém como ele. Eu dei uma chance, assim como tento fazer com a maioria das pessoas. Mas ele foi longe demais.

— Certo, não vamos mais falar daquele imbecil. Já perdemos tempo demais com ele.

— Concordo. Enfim, meus parabéns por ter conseguido passar para a próxima rodada! Estou tão orgulhosa de você!

— E eu de você, princesa. Dá para acreditar que finalmente estamos aqui? Nós vamos aparecer na TV. Você está pronta para isso?

— Estou mais do que pronta. Estar aqui tem sido a melhor coisa que já me aconteceu... além de ter te conhecido, é claro — ela provocou.

— Espero que sempre se sinta assim — ele disse ao abaixar-se para beijá-la. — Odeio te beijar e ter que ir embora, mas preciso me reunir com os caras e começar a planejar a nossa próxima apresentação.

— É, eu vi que estão oferecendo uma treinadora vocal e pianista para os cantores que quiserem ensaiar com antecedência. Vou encontrar a Erin e reservar nossos ensaios.

— Você já sabe o que vai cantar?

— Sim, tenho quase certeza de que vou cantar a música que vinha ensaiando com o meu treinador vocal em LA. *Impossible,* da Shontelle.

— Legal. Bom, sei que você vai arrasar. Você quer ir fazer compras mais tarde? Se te conheço bem, sei que vai querer algo novo para usar na sua primeira aparição na TV.

— Você me conhece muito bem mesmo. — Annie ficou nas pontas dos pés e o beijou novamente. — Que bom que fizemos as pazes. Odeio quando você fica bravo comigo.

— Eu também. Me liga mais tarde.

— Ok.

Casey a abraçou apertado antes de virar-se e sair do saguão. Ela o observou ir embora, e depois suspirou ao pegar o celular e mandar uma mensagem para Erin. Ela estava se sentindo melhor, mas não conseguia deixar de lado o sentimento incômodo que lhe dizia que as coisas ainda não estavam muito bem resolvidas. Se um deles ganhasse a competição, eles teriam que encarar o fato de que o outro seria um perdedor. Um perder para o outro e depois ter que rearranjar sua vida para se encaixar na do outro seria desafiador. Era mais fácil dizer do que realmente fazer, e Annie não tinha certeza se Casey pensaria do mesmo jeito depois de se deparar com uma realidade na qual teria perdido para ela. Ela queria acreditar que ele não se ressentiria dela por tê-lo vencido, mas, no fim, ele era um homem. E, por sua experiência, homens não gostam de perder.

Mas ela também não.

Capítulo 9

Após uma semana de ensaios, Annie finalmente sentia-se preparada para seu primeiro show ao vivo. Ela havia passado quase todo o tempo praticando, fosse com sua treinadora vocal, sozinha ou com Erin. Ensaiar com sua nova melhor amiga foi muito útil para as duas conseguirem superar o medo de palco, mesmo que já estivessem cansadas de ouvir as músicas uma da outra e as suas próprias repetidamente.

Quando chegou sua vez de se apresentar, Annie sabia que precisava se lembrar do que sentia quando cantava uma música para alguém que a estava ouvindo pela primeira vez. Estava na hora de dar absolutamente tudo de si. Ela não tinha condições de deixar nada impedi-la. Se não se entregasse completamente, seria melhor começar a arrumar as malas.

As coisas com Casey estavam melhores, embora um pouco tensas. Os dois estavam dando duro na preparação para o próximo show. Essa seria a primeira vez que os espectadores iriam votar, então era a apresentação mais crucial. Ele passou a dormir no quarto de Chris em vez de no de Annie. Isso fazia mais sentido para o dois porque ele estava ensaiando com seu grupo até altas horas da noite. Ela ensaiava por longas horas também, mas mesmo assim ainda ia para a cama bem mais cedo do que ele. Ele não queria perturbá-la, e os dois queriam manter o foco, então acabaram relutantemente concordando em dormirem separados pelo resto da competição.

A noite de terça-feira chegou, e, faltando apenas alguns instantes para o início das gravações, Annie sentia que estava prestes a colocar para fora o pouco de comida que conseguiu forçar goela abaixo no almoço. Conforme ela andava de um lado a outro na sala verde, Erin a repreendeu.

— Annie, pare! Você está me deixando nervosa. Sente-se por um minuto e relaxe.

— Não dá. Não consigo sentar. Não consigo relaxar. Acho que vou vomitar.

— Não vomite. É uma ordem, mocinha!

— Tudo bem. — Annie engoliu a bile que estava subindo por sua garganta e forçou-se a abrir um sorriso enorme para Erin. — Eu estou bem. Estou bem.

— Aham. Não acredito nisso — Erin retrucou. — Você precisa respirar. Tipo, sério. Eu acho que você está ficando roxa.

— Cala a boca. Eu estou respirando.

— Respire mais.

— Você está piorando as coisas.

— Cale a boca, sente-se e respire, porra!

Lançando um olhar intenso para Erin por um momento, Annie expirou com força antes de sentar-se com cautela na beirada do sofá onde sua amiga mandona estava. Ela respirou fundo de forma exagerada, e expirou novamente, repetindo os movimentos mais algumas vezes. Contrariada, ela percebeu que estava começando a se sentir melhor. Além da respiração ter ajudado, Erin também contribuiu por distraí-la ao deixá-la zangada, fazendo-a ficar menos nervosa por sua iminente primeira apresentação ao vivo diante de uma plateia.

— Viu? Não está se sentindo melhor?

Annie mostrou a língua para Erin, que apenas sorriu ironicamente.

— Cala a boca.

— Oh, acho que chegou a sua vez, querida. O diretor de palco está acenando para você.

— Ai, me mata agora! — O cômodo pareceu rodar um pouco quando Annie levantou.

— Tentador, mas eu gosto de você — Erin disse, e então levantou para dar um abraço rápido em Annie. — Acabe com eles, mocinha!

— Obrigada! Te vejo do outro lado. Quebre a perna! — Annie abraçou Erin de volta e respirou fundo mais uma vez ao virar-se e andar em direção ao diretor de palco.

Ele a guiou pelos bastidores e mostrou-lhe onde deveria esperar até receber o sinal para entrar no palco pela esquerda. Quando ele a deixou sozinha, Annie quase teve outro ataque de pânico, mas ela se forçou a parar com isso e inspirar e expirar longa e lentamente, fechando os olhos por um momento para ajudar a se acalmar.

Você consegue fazer isso. Você consegue fazer isso.

Ao abrir os olhos novamente, ela tomou um gole de água da garrafa que havia trazido consigo. Ela deu uns pulinhos e alongou os braços acima da cabeça, tomou mais um gole, e depois entregou a garrafa à assistente de palco que havia acabado de se aproximar e se ofereceu para pegá-la. Após mais um minuto, o diretor de palco deu o sinal para que ela entrasse. Sentindo o suor começar a cobrir sua testa, ela o limpou com um dedo e exibiu um sorriso enorme antes de começar a se mover em direção ao palco.

Ali estava. Aquele seria seu momento de brilhar. Era seu momento tudo ou nada. Se ela estragasse isso, estaria tudo acabado. Ela podia sentir isso com força. Então, daria tudo que tinha. Quando pensasse que não havia mais nada para entregar, ela buscaria por mais, o mais fundo possível dentro de si mesma, para fazer uma apresentação memorável e cheia de emoção.

Sob as luzes suaves do palco, ela caminhou até o centro e parou em frente ao suporte de microfone que havia sido colocado ali para ela. Após mais alguns momentos, a música *Impossible* começou, e Annie contou as batidas mentalmente conforme as luzes do palco começaram a brilhar. Então, era a hora de começar a cantar, e foi exatamente o que ela fez.

Ela cantou com todo o seu coração. Ela se apossou do palco e cantou como se cada pessoa na plateia estivesse ouvindo a música pela primeira vez. Era o seu momento de brilhar, e ela brilhou, como uma estrela radiante no céu noturno. Ela estava entregue ao momento, que não se comparava a nada que ela já tivesse vivido antes. Ela podia sentir cada batida do coração pulsando em suas veias conforme sua voz flutuava pelo auditório. Ela desejou ser possível capturar aquele sentimento e guardá-lo em um potinho, para que sempre pudesse recordar-se dele.

Ao cantar a última nota, a música encerrou ao mesmo tempo, e a plateia explodiu em aplausos ruidosos. Os três jurados, que eram celebridades, a aplaudiram de pé, e a multidão até começou a gritar seu nome. Seu queixo caiu enquanto ela ficou em choque, mas logo o sorriso retornou à sua expressão e ela ergueu a mão trêmula para acenar para a plateia. Kyle Atkinson, o apresentador do programa, juntou-se a ela e pegou-a pelo cotovelo gentilmente, levando-a até suas marcas.

Assim como haviam ensaiado antes do show, Kyle perguntou o que ela fazia da vida antes da audição para o The Next American Superstar, e ela contou que exercia um cargo administrativo em uma empresa de advocacia. Depois, ele perguntou o que ela achou da primeira semana de audições finais e sua primeira apresentação ao vivo. Ela descreveu brevemente o que sentiu quando chegou a Nova York e disse que estava muito emocionada com a apresentação, e esperava que todos tivessem gostado também. Kyle encerrou ao dizer aos espectadores que, caso tivessem adorado a apresentação de Annie, ligassem ou enviassem uma mensagem para votar nela ao final do programa.

Em seguida, Annie saiu do palco pela direita e seguiu o diretor até outra sala verde, onde ficavam os competidores que já haviam se apresentado.

Casey estava sentado lá quando ela abriu a porta, mas levantou-se rapidamente e andou até ela para erguê-la em um abraço assim que a viu.

— Aquilo foi o máximo, princesa — ele disse efusivamente ao beijá-la. — Estou tão orgulhoso de você!

— Obrigada! Também acho que fui bem e, ai, meu Deus, eu me senti incrível. Aquela adrenalina não se compara a nada que eu tenha vivido antes. Me dá vontade de fazer de novo, e de novo, e de novo. Eu voltaria lá agora mesmo se pudesse, só para continuar cantando para sempre.

— É porque você nasceu para estar nos palcos.

— Parece que sim — ela concordou alegremente. — Como foi a sua apresentação?

— Foi melhor do que eu esperava. Eu sabia que estávamos prontos e que iríamos botar pra quebrar, mas foi o máximo saber que fizemos tudo de maneira ainda melhor e mais precisa do que eu poderia querer.

— Ah, fico tão feliz por saber disso, amor. Sabe, apesar de toda a loucura que tem acontecido entre a gente desde que chegamos aqui, ainda estou muito feliz por estar passando por essa experiência com você. — Annie inclinou a cabeça para trás e o beijou ruidosamente.

— Digo o mesmo. Está pronta para irmos comemorar?

— Totalmente. O que você tem em mente?

— Os caras querem ir a um bar chamado Halo. Tá a fim de ir?

— Claro. Posso convidar a Erin?

— Sim. Talvez ela consiga encontrar outro cara por lá para esquecer aquele.

Annie assentiu.

— Eu sei, é o que espero. Ela é uma menina tão doce. Merece um cara legal que aprecie de verdade tudo o que ela tem a oferecer. Ela não precisa daquele panaca.

— Oi, Annie. Ótimo trabalho! Você canta muito bem — Chris disse ao se aproximar, dando um abraço e um beijo na bochecha de Annie.

— Awn, obrigada, Chris. Ouvi falar que vocês arrebentaram mais uma vez. Parabéns!

— É, foi da hora. Estávamos em uma sincronia perfeita! Tipo, nós sempre estamos bem preparados, mas hoje tudo *fluiu* com tanta perfeição que parecia que éramos todos a mesma pessoa.

— Pure Flow — Annie disse enfaticamente, fazendo Casey e Chris sorrirem e assentirem.

— É isso aí, garota. — Chris deu uma piscadela. — Vai com a gente até o Halo?

— Com certeza, e vou ver se a Erin quer ir também.

— Manda ver. Quanto mais gente, melhor. Estão a fim de tomar uns *shots* de Fireball?

— O que é Fireball? — Annie perguntou com uma sobrancelha erguida. — Parece perigoso.

Chris balançou a cabeça e gargalhou.

— Nah, é uísque, mas tem gosto de *red hot*, sabe? Aquele doce de canela.

Annie o encarou ceticamente.

— Não sou muito do tipo que curte uísque.

— Ah, com esse, você nem precisa gostar, juro. Desce bem suave. Você gosta de canela?

— Sim.

— Acredite em mim, então. Você precisa experimentar.

— É tranquilo, amor. Já tomei antes. Só não misture com vinho, e se for misturar com cerveja, eu recomendo a Stella Cidre.

— Ok, ok. Já podem parar com a pressão. Eu vou experimentar.

Chris e Casey assobiaram em aprovação, e Chris ainda esticou o punho para que Annie fizesse o mesmo e batesse no dele.

— É disso que eu estou falando. *Shots* de Fireball pra todo mundo!

Assim que os competidores escalados para a primeira noite terminaram suas apresentações, foram finalmente liberados pelo resto da noite. Annie foi ao quarto tomar banho e trocar de roupa. Casey disse que ela deveria comer algo leve para não beber de estômago vazio, então ela pediu ao serviço de quarto uma salada Caesar e comeu enquanto se arrumava.

Todos decidiram pegar um Uber para o bar, e, quando chegaram, o Halo já estava lotado. Assim que entraram, Casey segurou a mão de Annie e começou a guiá-la pela multidão. Ela pegou a mão de Erin também e segurou firme, puxando a amiga junto pelo amontoado de pessoas, até que chegassem ao bar. Eles aguardaram os outros dançarinos juntarem-se a eles e, então, Chris começou a pedir uma rodada de *shots* de Fireball para todo mundo.

Assim que todos tinham um *shot* na mão, Casey propôs um brinde, primeiro ao Pure Flow, depois à Annie, e à Erin, por mostrarem a que vieram e darem tudo de si no palco. Eles brindaram e viraram seus *shots* ao mesmo tempo.

— Uhhh! — Annie exclamou ao terminar de tomar sua dose.

— E aí? Gostou? — Chris incitou, lançando um sorrisinho para ela.

— É, não é ruim. Você tinha razão. Tem gosto de *red hot*.

— Falei! Tá pronta pra mais um?

Annie olhou para Casey, que apenas sorriu para ela, e então ela voltou a olhar para Chris e assentiu.

— Pode mandar!

Enquanto esperavam o bartender servir a próxima rodada, Annie parabenizou alguns dos outros membros do grupo por sua apresentação. O bartender perguntou por que ela estava fazendo aquilo, e ela explicou sobre a competição da qual eles estavam participando.

— Uau, isso é legal pra caralho! Parabéns a todos vocês! Quer saber? Essa rodada é por minha conta.

— Fala sério! — Chris exclamou, surpreso.

— Tem certeza de que está tudo bem? Você não tem que pedir permissão ao seu chefe ou algo assim? Não queremos te meter em problemas — Annie protestou. — Ei, sou a Annie, a propósito. E este é meu namorado, Casey. O grupo de dança dele está competindo, assim como Erin e eu, mas nós duas somos cantoras solo.

— Prazer em conhecer todos vocês. Eu sou o Avery, um dos donos do bar. Então não esquentem, pessoal. Essa rodada é por conta da casa. Só digam para seus outros amigos para virem até o bar enquanto estiverem na cidade para o programa.

— Ah, claro! — Annie concordou. — Eu nem sou muito fã de bares, mas adorei esse lugar. E o nome é muito legal!

— Valeu, que bom que gostou. Bem, se quiserem mais alguma coisa, é só dizer.

— Ok, nós vamos tomar essa rodada, e depois vamos querer mais uma.

— É pra já, princesa — Avery disse com uma piscadela, e começou a servir mais uma rodada para eles.

Annie deu uma risadinha ao ver Casey franzir as sobrancelhas para o bartender, que já estava ocupado passando a próxima rodada para todo mundo.

Tocando-o com o cotovelo, ela provocou:

— Não fique com ciúme só porque outro cara usou o seu apelido para falar comigo.

— É o *meu* apelido para você, *princesa*. Essa é a questão — ele rosnou no ouvido dela, fazendo-a rir.

— O cara nos deu Fireball de graça, mocinho. Ele pode me chamar do que quiser — ela disse, com um sorriso provocativo.

— É só o que basta? — ele perguntou, lançando-lhe um sorriso afetado. — O que você vai fazer por mim se eu te pagar um *shot* de Fireball?

— Por que não me paga um para descobrir? — ela sugeriu, piscando de forma provocante.

Casey imediatamente virou-se para Avery, pedindo *shots* duplos de Fireball para ele e Annie. Ela riu quando ele lhe entregou um copo, e então ela o bateu no dele e gesticulou com a mão livre para que bebessem. Tomando uma rápida respiração profunda, ela mandou a dose dupla para dentro, e depois sacudiu um pouco a cabeça.

— Uau, baby! É isso aí! — ela exclamou, dando dois tapas no balcão. — Ok! É hora de dançar no balcão!

Antes que pudesse repensar suas ações, Annie içou-se para ficar de pé sobre o balcão com cuidado, no momento em que uma de suas músicas favoritas, *Get Low*, de Lil Jon e East Side Boyz, começou a tocar. Quando ela olhou para baixo e encarou Casey, não pôde evitar a gargalhada. Ele parecia em choque por vê-la dançando sobre o balcão do bar.

Ela colocou as mãos ao redor da boca para gritar por Erin, conseguindo chamar sua atenção após várias tentativas. Quando Erin olhou para cima, de olhos arregalados, Annie gesticulou para que a amiga se juntasse a ela.

A princípio, Erin negou veementemente com a cabeça e disse "De jeito nenhum!", mas Casey colocou outro *shot* de Fireball em sua mão. Erin lançou um olhar intimidador para ele, mas acabou dando de ombros e revirando os olhos antes de pegar o copo e virá-lo. No minuto seguinte, ela também estava subindo no balcão.

Annie lançou um olhar para Avery, curiosa quanto à possível reação do dono do bar. Para seu alívio, ele estava sorrindo de orelha a orelha, com clara aprovação. Quando os olhos dele encontraram os dela, ele piscou e balançou a cabeça positivamente, como se dissesse "Ok, gata, mostra o que sabe fazer!".

E foi o que ela fez. Sacudiu o corpo e rebolou junto com Erin, dando um show e tanto para o bar inteiro. Todos os rapazes do grupo de Casey estavam vidrados diante do balcão, balançando notas de dólares enquanto elas dançavam animadas e os provocavam. Logo, outros clientes do bar, tanto homens quanto mulheres, se juntaram a eles, e, em questão de segundos, o bar inteiro estava cantando e dançando ao som de *Get Low*. Annie e Erin apontaram uma para a outra ao cantarem o refrão juntas, fazendo os populares movimentos de dança.

Quando a música mudou para *California Love*, de Tupac, os californianos naquele bar de Nova York foram à loucura, gritando animados. Annie abaixou-se e desceu do balcão, sendo seguida por Erin.

— Aquilo foi muito divertido! — Erin disse efusivamente e ofegante, tentando respirar normalmente.

Annie aceitou de muito bom grado os dois copos de água gelada que Avery lhe ofereceu, entregando um deles para Erin ao mesmo tempo em que tomou o seu.

— Muito divertido! — Foi tudo que ela conseguiu dizer antes de um cara grandão e loiro, com olhos cor de avelã e usando jeans preto e uma camisa preta de botões com as mangas enroladas até os cotovelos, se esguelhasse até Erin e se apresentasse. Annie terminou de beber sua água e resolveu ficar quieta para ouvir a conversa.

— Oi. — Foi tudo o que ele disse em voz alta, a princípio, mas Annie podia ver com clareza que ele estava despindo Erin com os olhos ao falar com ela. Considerando o fato de que ele parecia ter saído direto de um comercial da *Abercrombie & Fitch*, ela deduziu que Erin não estava se importando com aquilo.

— Oi — Erin respondeu, um tanto indiferente, mas estava olhando para ele da mesma maneira.

— Qual é o seu nome? — ele perguntou, sem quebrar o contato visual.

— Erin. Qual é o seu?

— Traver.

— Você vem sempre aqui?

Olhando ao redor do bar por um instante antes de tornar a olhar para Erin, Traver sorriu.

— Bem, sim. Eu comecei a trabalhar aqui há pouco tempo, então tenho passado um bom tempo por aqui.

— Ah, que legal. Você é um dos bartenders?

— Sim. Estou prestes a assumir o lugar do meu chefe no expediente, mas ainda tenho alguns minutos. Posso te pagar uma bebida?

— Hã, claro, se você quiser.

Traver pegou o copo vazio de shot sobre o balcão próximo à mão dela e deu uma rápida cheirada antes de colocá-lo de volta no lugar.

— Outra dose de Fireball pra você?

— Conhece bem as bebidas, hein?

Ele sorriu para ela.

— O cheiro é inconfundível.

— Ok, vou querer outra dose. Você pode tomar uma comigo, ou isso é contra as regras?

Traver virou-se em direção ao bar e ergueu uma sobrancelha inquisitiva para Avery, que respondeu ao pegar três copos de *shot* e servir Fireball. Ele empurrou dois deles para Traver e Erin e pegou o terceiro, erguendo-o para brindar com eles.

— Isso responde sua pergunta? — Traver questionou antes de virar sua dose.

— Você tem um chefe bacana.

— Ah, eu sei. Os dois caras que são donos desse lugar são chefes incríveis. Me considero bem sortudo por trabalhar com eles. São justos e pagam bem. Então, o que te trouxe ao Halo esta noite? Está comemorando algo ou só relaxando depois de um dia longo no trabalho?

— Na verdade, estamos comemorando o sucesso do nosso primeiro programa gravado ao vivo... é para uma competição de talentos da qual estamos participando. Acho que todos nós estamos bem confiantes quanto aos resultados.

— Isso é o máximo. Você mora aqui, ou só está na cidade pelo programa?

— Só estou aqui pelo programa, mas não sei por quanto tempo ainda ficarei. Podem ser por mais várias semanas, ou talvez eu vá embora amanhã mesmo. Nunca se sabe como os espectadores irão votar.

— Bem, então, vou te dar meu telefone. Se estiver a fim de fazer algo divertido e espontâneo qualquer dia desses, me dá uma ligada. Agora, eu preciso trabalhar antes que meu chefe se irrite. Ele é legal, mas é melhor eu não abusar. Posso? — Traver perguntou, apontando para o iPhone dela.

Olhando para seu celular e, em seguida, para ele novamente, Erin assentiu.

— Ah, sim, claro. Pode anotar aí — ela disse, entregando-lhe o aparelho.

Só foi preciso uns dois minutos para que ele colocasse seu nome e telefone nos contatos dela, e então ele devolveu o celular e piscou para ela.

— Até mais, Erin. Espero que possamos sair em breve.

Assim que ele se virou para ir embora, desaparecendo atrás da porta que permitia a entrada somente de funcionários, Annie deu um tapa no braço de Erin.

— Fala sério! Ai, meu Deus.

— Meu Jesus Cristinho — Erin praticamente guinchou. — Um cara lindo acabou de vir até mim, do nada, e colocou seu nome e telefone no meu celular? Isso aconteceu mesmo?

— Você disse mesmo "Meu Jesus Cristinho"?

— Quieta. Foco, mocinha! Um bartender gato me deu o número dele. Que diabos eu devo fazer agora?

— Bem, agir naturalmente, é claro. Se você parecer interessada demais, ele vai perder o interesse rapidinho. Você tem que deixar as coisas interessantes e se fazer de difícil um pouco.

— Ah, por favor. Eu não tenho tempo para ficar fazendo joguinhos.

— Não importa, vai por mim. Você tem que fazer um joguinho. Todo mundo faz, então você tem que fazer também.

Erin suspirou e grunhiu.

— Tá, mas não significa que eu goste disso.

Capítulo 10

Os resultados do show foram melhores do que Annie esperava. Ela foi a primeira competidora que Kyle Atkinson anunciou como salva ao ler os resultados da votação da noite anterior, que a fizeram vencer uma outra cantora de Chicago. O Pure Flow foi declarado salvo logo depois, vencendo o grupo de dança East LA Dance, e, embora tenha sido anunciada quase por último, Erin também passou para a próxima rodada, vencendo um cantor de Seattle.

Para Annie, escolher sua próxima canção foi difícil, e seu primeiro instinto foi optar por algo com o qual se sentisse confortável. Mas ela sabia que não havia mais espaço para ficar na zona de conforto. Estava na hora de arriscar e testar seus limites, e ela teria uma semana inteira para ensaiar, então não havia desculpas para que não se preparasse para entregar uma performance incrível na próxima vez que subisse ao palco. Após ouvir dezenas de músicas, ela finalmente decidiu por uma de suas favoritas, cantada por Florence and the Machine: *Dog Days Are Over*.

A semana de ensaios foi intensa, e Annie a aproveitou ao máximo. Ela conseguiu avançar mesmo sob pressão, dando cento e dez por cento em cada apresentação. E, nos momentos em que pensava que não tinha mais nada a oferecer, sua instrutora vocal a incitava e despertava algo dentro dela, fazendo com que as performances seguintes deixassem as anteriores no chinelo.

Assim que chegou o momento do próximo show, ela estava mais do que pronta para arrasar e impressionar os outros finalistas, deixando-os para trás comendo poeira. Ela só não esperava que, em meio ao seu regozijo diante dos aplausos estrondosos que irromperam após ela terminar de cantar, veria a única pessoa que poderia arruinar sua noite.

Kayla Miles.

Que porra ela estava fazendo ali?

Annie ficou furiosa. Mal podia acreditar na coragem daquela garota. Depois que o show acabou, ela procurou Casey, e acabou encontrando-o batendo papo com Kayla, com um sorriso aberto ao ouvir a bela pop star falar com entusiasmo.

— Nossa, Casey, você tem tantas habilidades! É impossível uma garota não se perguntar se todos aqueles movimentos com os quadris também aparecem em outros momentos. — A insinuação não tão sutil de Kayla foi proferida de forma alta e clara. — Mas, sério, você estava incrível. Quer dizer, eu já sabia que você dançava bem, é claro, mas você realmente me impressionou hoje.

— Valeu, Kayla. Significa muito para mim você ter vindo me dar apoio. Agradeço muito por ter encontrado tempo para isso na sua agenda.

— Achou mesmo que eu ia perder a chance de ver essa bunda sensual arrasando naquele palco?

Casey tossiu conforme suas bochechas coraram, e ele olhou em volta, encontrando Annie observando-o do outro lado do salão.

— Bem, como eu disse, obrigado por vir. Se me der licença, eu preciso falar com alguém. Volto já.

Kayla abriu um sorriso tenso.

— Claro, não quero te atrapalhar. Faça o que tem que fazer. Só não demore.

— Tá bom — ele assegurou e piscou para ela antes de se mover pela multidão.

A vaca agora estava sozinha. Essa era a chance de Annie dizer poucas e boas àquela vadia loira. Respirando fundo e se preparando para uma briga, ela se aproximou da pop star.

— Oi — ela disse.

Kayla apenas olhou para Annie e revirou os olhos, sem se dar ao trabalho de responder.

Isso irritou Annie ainda mais. Ela não suportava o jeito como Kayla a olhava, como se ela não fosse nada. Como se fosse chiclete preso na sola do seu sapato.

— Olha, garota, eu não sei qual é o seu problema, mas, de onde eu venho, não é legal roubar o namorado de outra pessoa bem debaixo do nariz dela.

— Do que você está falando mesmo? — Kayla perguntou em um tom entediado, olhando para Annie com irritação.

— Casey, o dançarino que você veio ver. E, acredito eu, roubar de mim.

— Primeiro de tudo, eu não roubo nada de ninguém. Eu nem preciso fazer isso. Os homens largam suas esposas e namoradas por mim o tempo inteiro sem que eu nem ao menos tenha que pedir. Casey é um cara bem crescidinho e pode tomar suas próprias decisões.

— Cai fora, garota! Ele é meu. É melhor enfiar isso de uma vez nessa sua cabeça.

— Ou o quê? O que vai fazer a respeito? Você acha que o Casey ficaria feliz em saber que a namorada vagabunda dele esteve falando merda para a chefe e colocando o trabalho dele em risco? Primeiro, ela compete contra ele. Depois, tenta garantir que ele não somente perca a competição, mas também o emprego, e não tenha outra opção a não ser depender da sua boa vontade.

— Está chamando quem de vagabunda? — Annie sibilou, exasperada diante do insulto de Kayla. — Não sou eu que estou tentando roubar o homem alheio! — Sua voz saiu mais alta do que pretendia, fazendo-a se encolher um pouco.

— O que diabos está acontecendo aqui, Annie?

Casey retornou, e assim que Annie olhou para ele, seu coração afundou. Ele parecia furioso. Uma carranca obscura desfigurava seus traços, fazendo-a baixar a cabeça pelo constrangimento de ter sido pega. Kayla apenas sorriu para ele, presunçosa.

— Acho que a sua namorada não gostou muito de eu ter vindo torcer por você.

— Desculpe. Por favor, perdoe a Annie. Às vezes, ela não pensa antes de agir — Casey disse, lançando um olhar intenso para Annie, que ficou ali quieta, mudando o peso do corpo de um pé para o outro continuamente. — Por favor, nos dê licença por um instante — ele pediu, segurando Annie pelo cotovelo e arrastando-a para um local onde poderiam conversar em particular.

— Que porra você estava pensando, Annie? Sério isso? Você precisa controlar esse seu ciúme. Está mexendo com o meu ganha-pão.

— Não acredito que a deixa falar toda boazinha com você e me tratar daquela maneira.

— Olha, foi você que se meteu nessa situação. Deveria ter simplesmente ficado longe dela! Você sabe que eu te amo, então por que não confia em mim, caramba?

— Porque ela está tentando a todo custo te roubar de mim...

— Não, ela não está.

— Tá de brincadeira? Acha mesmo que ela veio sabe-se lá de onde só para assistir ao seu show?

— Eles vieram de Vancouver.

— Aham, Vancouver... que não é nem remotamente perto de Nova York. Ela está dando em cima de você com tudo, e você nem para desencorajá-la.

— Eu já te falei. Ela é minha chefe, eu trabalho para ela. Eu danço para ela. Para mim, acaba aí.

— Mas com certeza não é aí que acaba para ela, isso está muito claro para mim. E não parece muito claro para ela que ela não pode ter você.

— E daí? Por que isso importa? Você deveria confiar em mim e não se importar caso alguma garota esteja tentando se jogar em cima de mim. É provável que essa não seja a última vez que isso vai acontecer, então é melhor ir se acostumando.

— Eu não acredito que você disse isso — Annie falou, com mágoa na voz.

— Só estou mandando a real, princesa. Agora eu preciso ir consertar as coisas com a Kayla. Sugiro que não se meta em encrencas, pare de me causar problemas e encontre outra pessoa cuja vida possa arruinar.

Annie arfou, ultrajada, conforme Casey virou-se e saiu de perto dela, voltando a se aproximar de Kayla.

Quem é esse babaca e o que ele fez com o meu namorado doce e amável?

Ela não podia acreditar no jeito com que ele havia falado com ela. Se isso era um indicativo de como as coisas poderiam ser dali em diante, talvez ela tenha cometido um grande erro ao tentar se relacionar com ele. Aquele não era seu felizes para sempre. Não foi com isso que ela se comprometeu. Não a longo prazo.

Tudo parecia se mover em câmera lenta durante os próximos instantes. Annie assistiu Casey voltar até Kayla e pedir-lhe desculpas para amenizar a situação. Quando Kayla respondeu, ela lançou um olhar para Annie, franziu a testa e balançou a cabeça para Casey. Annie precisou de cada gota de sua força de vontade para não atravessar o salão correndo e sentar a mão na cara dela. Depois, de repente, Kayla parou de fazer careta. Ela passou a sorrir, como um gato que conseguiu comer o canário. Quando alguém se aproximou e começou a falar com Casey, ele virou de costas para Kayla, que aproveitou a oportunidade para olhar bem para Annie e mostrar-lhe o dedo do meio, com um sorriso maléfico nos lábios.

Antes que ela pudesse se mover, um braço enroscou-se em um dos seus e a segurou.

— Opa, mocinha. Aonde pensa que vai? Você parece que estar prestes a recriar cenas de Kill Bill com alguém, e suponho que esse alguém seja a senhorita Kayla Miles.

Annie lançou um olhar contemplativo para Erin.

— Como você sabe?

— Não vale a pena correr o risco de ser expulsa daqui por causa dela. Ou pior, do programa.

— Aff, eu sei. Você tem razão. Mas eu ainda adoraria dar um jeito na cara dela. Você devia ter visto o sorriso que ela abriu para mim depois que ele disse alguma coisa para ela, e eu estou morrendo de curiosidade para saber o que era.

— Então, pergunte a ele depois. Você precisa sair daqui agora. Vamos, eu te pago uma bebida.

— Está bem — Annie concordou, sentindo o nó em seu estômago ficar cada vez mais apertado.

Após várias rodadas de Fireball no Halo, Annie ligou bêbada para Alex, desesperada para conversar com seu melhor amigo e contar com ele para entender como ela se sentia em relação a Casey e Kayla.

— Oi, *Mami*.

— Oi.

— O que houve?

— Kayla está aqui em Nova York, e está estragando tudo.

— Kayla? Kayla Miles? O que ela está fazendo aí?

— Ela veio para ver o Casey.

— Interessante. O que você vai fazer em relação a isso?

— Eu tentei dizer umas verdades para ela, mas o Casey se irritou comigo por colocar o emprego dele em risco.

— Ah, isso eu entendo.

— Ei! De que lado você está?

— Do seu, amada, do seu — Alex assegurou. — Só estou dizendo que consigo entender por que ele ficou chateado por você ter se metido.

— Eu não estava me metendo. Estava marcando meu território.

— E como isso te ajudou?

— Cala a boca.

— Olha aí!

— Vem pra cá, por favor! — ela implorou.

— Para Nova York?

— Sim, para Nova York. Venha me ver cantar na semana que vem! Bem, se eu chegar até lá, né. Saberemos após os resultados das apresentações de amanhã à noite. Eu preciso de você aqui comigo.

— Hã, tá bom, então. Quer dizer, eu já estava querendo ir mesmo, mas ia esperar até a grande final.

— Mas e se eu não for mais adiante que isso? — Annie protestou.

— Você vai. Você vai ganhar esse negócio, lembra? Mas, ok... vou falar com a Katie e te retorno, está bem? Ela também queria ir.

Annie deu um gritinho no telefone.

— Oba! Meus dois melhores amigos aqui comigo na grande cidade de Nova York!

Depois que ela encerrou a ligação, Erin empurrou outra dose de Fireball em direção a ela e ergueu seu próprio copo.

— Aos melhores amigos que sempre apoiam um ao outro! — Erin brindou.

— Tim-tim — Annie respondeu, erguendo seu copo para tocar o de Erin. — Então, tem algo de novo rolando com o Traver?

— Não. Você me disse para agir naturalmente, então nós só estamos trocando algumas mensagens. Eu tento não responder na hora e o faço esperar um pouco antes de enviar outra mensagem.

— Isso é bom. Sobre o que vocês têm conversado?

— Nada de mais. Só estamos trocando informações básicas. Tipo, que ele é de Detroit e jogava basquete, mas se mudou para cá para correr atrás da sua carreira de ator e modelo. Eu disse a ele que sou do Havaí e me mudei para Los Angeles quando tinha dezoito anos para correr atrás da carreira de atriz e cantora, mas, no momento, estou quase desistindo de tentar fazer disso meu trabalho em tempo integral.

— Legal. Você vai tentar sair com ele alguma vez?

— Provavelmente, mas eu meio que ainda estou tentando superar o Mike, então não sei.

— Bem, quer um jeito melhor de se distrair do que com um cara gostoso como o Traver?

Erin balançou a cabeça positivamente ao sorrir para Annie.

— Pois é, eu sei. Você tem razão. Como isso pode estar em questão? — Ela pegou o celular imediatamente e começou a digitar uma mensagem para Traver. Seu celular vibrou com a resposta menos de um minuto depois.

— O que ele disse?

— Que vai trabalhar esta noite e amanhã, mas está livre na quinta-feira.

— Perfeito. O que você vai fazer?

— Vou perguntar se ele quer ir tomar um café depois que eu terminar meu ensaio.

— Legal. Só vai com calma.

— Tá, mãe.

— Ei! Só estou tentando cuidar de você.

— Eu sei, só estou pegando no seu pé. — Erin mostrou a língua para Annie.

No mesmo instante, Traver surgiu por trás de Annie, fazendo Erin corar intensamente ao cobrir a boca com a mão.

— Oi, senhoritas — ele enunciou devagar, com um sorriso maroto, piscando para Erin. Ele se inclinou para cumprimentar Annie com um beijo na bochecha e depois fez o mesmo com Erin. — Quando você disse que estavam bebendo, não percebi que estavam aqui. Gostaram desse lugar, hein?

— Sim, é ótimo! Bom, se me derem licença, preciso usar o banheiro. Volto já — Annie disse, descendo do banco e saindo apressada.

Quando ela olhou para trás, encontrou Erin e Traver conversando e rindo de algo que ele acabara de dizer. Ver sua amiga tão alegre fez seu coração ficar feliz e triste ao mesmo tempo. Ela achava que Erin merecia um pouco de felicidade depois de todas as merdas que tinha passado na vida, mas ela também não merecia?

Parecia que, toda vez que ela encontrava um pouquinho de felicidade, algo acontecia para arrancar-lhe isso novamente. Annie queria quebrar esse ciclo, mais do que qualquer coisa, mas sabia que isso significava ter que encontrar contentamento e satisfação nela mesma, primeiro. Bem, ela já estava a caminho disso. Todo dia, sentia que aprendia algo novo sobre si mesma; que era mais capaz de que imaginava.

Como posso saber quais são os meus limites, a menos que me ponha à prova?

Isso era algo que Annie se perguntava diariamente. Encarando sua imagem no espelho do banheiro, ela balançou a cabeça. O estresse e a privação de sono haviam resultado em círculos escurecidos sob seus olhos. Ela pegou seu pó compacto na bolsa e retocou a maquiagem, fazendo a aparência cansada desaparecer do seu rosto com algumas passadas.

Após esperar mais um minuto, Annie finalmente saiu do banheiro feminino e voltou ao bar. Traver acenou com a cabeça para ela ao pedir licença e se retirar para começar seu expediente.

— Então, como vai o Traver? — Annie perguntou cantarolando e erguendo uma sobrancelha para Erin em expectativa.

— Bem — Erin respondeu com um sorrisinho. — Ai, meu Deus, aquele homem tem cheiro de pecado. E ele parece o próprio pecado coberto de chocolate. E é tão gentil. Tipo, porra! Onde diabos ele esteve escondido a minha vida inteira?

— Talvez estivesse esperando você estar pronta para ele — Annie sugeriu com um sorriso.

— Sinto que estou pronta há um bom tempo — Erin retrucou. — Os anos de tortura extra foram completamente desnecessários, na minha opinião.

— O que não te mata, te fortalece.

— É, aham, tá.

— Só dizendo...

— Eu sei. Está pronta para ir embora? Aqui já perdeu a graça.

— Sim, preciso dormir bem essa noite. Já viu as bolsas embaixo dos meus olhos?

— Já viu as bolsas embaixo dos *meus*? — Erin disse e bocejou, alongando os braços ao mesmo tempo. Ela então percebeu que Traver a estava observando, e ruborizou, constrangida. — Oh, ótimo. O gostosão acabou de ver o meu bocejo super atraente. Ele deve estar pensando que eu sou uma velha, bocejando em um bar antes da meia-noite.

— Acho que é mais provável ele estar pensando que a sua boca é grande o suficiente para acomodar bem o pau dele quando você o chupar — Annie retrucou maliciosamente.

— Ai, meu Deus! Dá pra falar baixo? — Erin reclamou, olhando ao redor para ver se alguém havia escutado.

— Ninguém me ouviu. Para de ser paranoica.

— O que eu faço com você e o seu bocão falando sem parar?

— Ei, ô! — Annie protestou.

— Foi mal. Vamos, está tarde. Vamos sair daqui. Eu não quero que o Traver pense que estou demorando só porque ele trabalha aqui.

Concordando com a cabeça, Annie pegou sua bebida e tomou o resto pelo pequeno canudo.

— É isso aí. Deixa só eu fechar a minha comanda.

— Ah, é, acho que nós temos que pagar pelas bebidas, não é? — Erin explodiu em risadas.

Elas terminaram de pagar suas comandas e voltaram para o hotel. Ao olhar para o céu noturno e ver os prédios altos ao seu redor, Annie abriu um pequeno sorriso de contentamento. Não dava para ficar melhor que isso. Ela amava sua vida para caralho.

Ela estava em Nova York, uma das cidades mais fantásticas do mundo, cada vez mais perto de mudar a sua vida e as de sua família e amigos para sempre, tinha uma nova amiga que já considerava uma irmã, e seja lá o que tenha tido com Casey rendera boas recordações dos dois juntos. Ela sabia que era abençoada por ter chegado onde chegou, então, em vez de ficar se preocupando com o que aconteceria com Casey e Kayla, pensou no quão empolgante era o fato de Alex e Katie irem a Nova York para vê-la se apresentar. De alguma maneira, tê-los com ela faria tudo parecer bem mais real.

Capítulo 11

Esperar pelos resultados daquela semana foi uma experiência bem mais estressante para Annie. Deixaram-na por último, então ela teve que esperar todo mundo receber seus resultados para só então confirmar que sim, ela havia sido salva para mais uma semana. Os meninos do Pure Flow foram os primeiros a passarem para a próxima rodada, seguidos de Erin, então eles já estavam todos na sala verde esperando quando Annie saiu do palco. Assim que ela entrou na sala, eles irromperam em aplausos e gritos.

— É isso aí! A força do sul da Califórnia! — Austin gritou ao bater o peito no de Chris. — Nós somos invencíveis! — Então, os dois começaram a gritar e bater nos peitos com os punhos como o Tarzan.

Ao revirar os olhos e rir das bizarrices deles, Annie viu Casey encostado na parede e o olhou bem nos olhos. Para sua consternação, ele apenas a olhou por um breve instante antes de voltar a atenção para Tommy, um outro competidor que estava conversando com ele.

Ok. Então, era assim que ele queria jogar. Ele queria lhe dar um gelo. Bem, tudo bem para ela. Ela estava cansada dos joguinhos dele. Ele havia se mostrado uma pessoa tão honesta e genuína, mas agora Annie desconfiava que isso era apenas para esconder quem ele realmente era esse tempo todo. Se havia mentido sobre nunca ter tido um relacionamento sério antes, que outras mentiras ele pode ter contado? E ele não queria enfrentar Kayla e lhe dizer para parar com as insinuações sexuais indesejadas. Não que ela tenha proposto sexo com ele. Pelo menos, não que Annie soubesse. Parte dela achava que ele deveria criar coragem de verdade e denunciar Kayla por assédio sexual, isso se ele realmente achasse que ser firme quanto ao fato de ter uma namorada pudesse colocar em risco seu emprego como um dos dançarinos principais na turnê *Cold as Ice*.

Assim que voltou para seu quarto, Annie enviou uma mensagem para Alex para contar-lhe que havia passado para a próxima rodada.

Annie: *Uhuu, eu passei!*

Alex: *Uhuu! Parabéns, amada. Eu sabia que conseguiria.*

Annie: *Obrigada por acreditar em mim.*

Alex: *É para isso que servem os amigos. Falei com a Katie, e convenientemente, ela tem um trabalho de modelo em Nova York nesse fim de semana, então eu vou tirar uma folga e viajaremos na sexta de manhã. Devemos pousar no JFK por volta das quatro e meia da tarde, então eu te ligo quando chegarmos ao hotel. Acho que até umas seis e meia já teremos conseguido fazer o check-in.*

Annie: *Ai, meu Deus! Estou tão empolgada porque vocês vêm! Não fazem ideia! Quanto tempo vão ficar?*

Alex: *Bem, nós queremos ver a apresentação e os resultados, se você puder nos colocar para dentro.*

Annie: *Ah, vai ser tranquilo.*

Alex: *Ótimo. Como estão Casey e o grupo dele?*

Annie: *Muito bem, eu acho. Eles também passaram, assim como Erin e eu.*

Alex: *Você e o seu amorzinho já fizeram as pazes?*

Annie: *Não, ele tem sido um babaca ultimamente. Não sei o que deu nele, mas não é o mesmo Casey que eu conhecia.*

Alex: *Hummm, isso não parece bom. Enfim, não se preocupe. Katie e eu estaremos aí em breve. Se você quiser que a gente dê uma surra nele até ele tomar jeito, pode contar com os seus bandidos leais aqui. Caso você mesma queira descer o cacete nele, nós te ajudaremos a esconder o corpo.*

Annie: *Hahahah! Que bom saber que tenho meus bandidos leais. Obrigada. ;)*

Alex: *Mas é claro! Pode contar com a gente.*

Annie: *Você é o melhor.*

Alex: *A propósito, você por acaso deu meu número a um certo cara alto, bronzeado, lindo e que tem um piercing no pau?*

Os olhos de Annie quase saltaram das órbitas quando ela leu essa última mensagem de Alex.

Annie: *O Gabe te ligou? Por quê? O que ele queria?*

Alex: *Informações sobre como conseguir ingressos para as gravações ao vivo.*

Annie: *Mentira! O que você respondeu?*

Alex: *Que eu ia procurar saber e avisaria a ele. Eu não ia dizer nada sem a sua permissão. Não sou tão idiota assim.*

Annie: *Eu não disse que você é idiota. Ai, meu Deus, o que você acha que isso significa? Eu já disse a ele que estou com Casey agora, mas do jeito que as coisas estão ultimamente...*

Alex: *Eu acho que ele quer outra chance.*

Annie: *Sim, mas a questão é: será que eu consigo confiar nele para dar outra chance?*

Alex: *A vida é cheia de riscos, querida Annie. Não importa o que você faça ou para onde vá, você sempre terá que escolher entre uma coisa e outra.*

Annie: *Eu sei, mas acho que eu não aguentaria ter meu coração partido outra vez.*

Alex: *Olha, não se irrite com o que vou dizer, mas você já considerou que, talvez, o fato de que ele poderia partir o seu coração novamente significa que você não o superou completamente?*

Annie: *É, isso já passou pela minha cabeça muitas vezes.*

Alex: *Você quer que ele vá a Nova York?*

Annie: *Não sei. O que você acha?*

Alex: *O cara é ricaço, lindo, te adora e está disposto a fazer coisas extremas para te ver de novo. E antes de todo aquele rolo de ex-namorada grávida, ele estava te fazendo feliz de verdade. Talvez só eu ache isso, mas eu daria mais uma chance pra ele.*

Annie: *Ok... você me convenceu. Pode passar os detalhes para ele. Vamos ver o que acontece.*

Alex: *É hora de deixar o jogo rolar, porque eu tô com uma sensação boa em relação a isso.*

Annie: *Vou confiar nos seus instintos. Não me decepcionem, instintos do Alex!*

Alex: *Ah, cara, nada como uma pressãozinha, né? Abusada. Te mando uma mensagem quando me registrar no hotel.*

Annie: *Eba! Nos vemos logo. Bjs!*

Quando Alex chegou ao JFK com Katie na sexta-feira à tarde, ele enviou uma mensagem para Annie para atualizá-la.

Alex: *Acabamos de pousar. Estamos na esteira de bagagens, e depois* *iremos para o hotel. Bebidas estão na agenda do dia. Tivemos que sentar perto de uma mãe com um bebê que passou metade do voo fazendo escândalo. Acho que essa deveria se tornar uma nova forma de anticoncepcional: forçar adolescentes a sentarem perto de bebês escandalosos em aviões.*

Annie: *Oh, não! É terrível voar com bebês escandalosos. Assim que se instalarem, podemos sair para jantar. Vou passar no seu quarto com uma rodada de shots de Fireball.*

Alex: *Uísque, hein? Você está pegando pesado agora, não é?*

Annie: *Hahaha, de jeito nenhum. Tem gosto de red hot, e desce muito suave. É bom, confie em mim. Se não fosse assim, eu nem chegaria perto.*

Alex: *Ah, Fireball e eu somos velhos amigos. Faz um tempo desde que bebi, mas sim, topo algumas doses. Vamos começar essa festa!*

Annie: *E o Gabe? Você sabe se ele vem mesmo?*

Alex: *A assistente dele não te contatou para combinar como conseguir ingresso para o show?*

Annie: *Sim, mas ela nunca me mandou um itinerário de voo dele, então não faço ideia se ele realmente vem ou não.*

Alex: *Você ao menos falou com ele?*

Annie: *Não. Tenho andado muito nervosa. Precisei focar nos ensaios essa semana, então disse a mim mesma para limpar minha mente e me preocupar com ele depois.*

Alex: *Minha garotinha está crescendo...*

Annie: *Antes tarde do que nunca, não é?*

Alex: *Com certeza! Ah, lá vêm as nossas malas. Daqui a pouco te mando mensagem de novo.*

Annie: *Ok, até daqui a pouco!*

Annie se sentiu um pouco culpada pelo fato de um ex seu estar a caminho para vê-la quando as coisas com Casey ainda estavam mal resolvidas, mas, ao mesmo tempo, para ser honesta, ela estava mais do que animada para ver Gabe. Havia passado tempo suficiente para que ela pudesse finalmente perdoá-lo por não ter ficado com ela quando descobriu que sua ex estava grávida de um filho que ele pensou ser dele.

Casey a estava ignorando desde a visita de Kayla. Ele havia esbarrado com Annie durante o café da manhã, certo dia, mas, quando ela o convidou para sentarem e comerem juntos, ele recusou e disse que tinha que ir para o ensaio. Ele lhe dera um beijo sem jeito na bochecha e foi embora.

Annie planejava levar Alex e Katie até Chinatown para jantarem com Erin, então, assim que ela terminou de conversar com Alex por mensagens, ligou para Erin para dizer-lhe o horário e foi para o chuveiro. Pouco depois que terminou de secar o cabelo, ela ouviu batidas na porta. Levantando-se em um pulo, ela correu até a porta e espiou pelo olho mágico. Eram Katie e Alex.

— Oi, gente! — ela exclamou ao cumprimentá-los e abriu a porta para deixá-los entrar. — Vocês deveriam ter me mandando uma mensagem quando chegaram aqui. Desculpem, ainda não estou pronta, mas estou quase. Só vou passar uma maquiagem e poderemos ir. Estou tão feliz por vocês terem vindo!

Ao abraçar seus amigos, ela tentou segurar as lágrimas, mas foi inútil. Tê-los ali era incrível. Era como ter um pedaço de casa com ela em Nova York.

— Minha amiga Erin irá jantar conosco. Vocês vão gostar dela, é uma ótima pessoa. Vou dizer a ela para nos encontrar aqui.

— Legal! Estou louca para conhecê-la — Katie disse enquanto Annie enviava uma mensagem para Erin.

— Ok, onde está o Fireball? — Alex perguntou, esfregando as mãos em expectativa.

— Está na bancada do banheiro com os copos de *shot*. Você pode nos servir uma rodada enquanto termino a maquiagem?

— É pra já — Alex concordou ao ir até o banheiro.

— Então, o que está rolando com você e o Casey? — Katie perguntou ao empoleirar-se na beirada da cama, enquanto assistia Annie fazer sua maquiagem. — O Alex tentou me explicar, mas o que há de novo?

Annie contou as partes mais relevantes enquanto Alex servia a primeira rodada de *shots*, que eles viraram rapidinho. No minuto seguinte, Erin bateu à porta, e assim que entrou no quarto, já foi servida com um copo de *shot*. Duas rodadas de Fireball depois, os quatro seguiram para um restaurante italiano que Erin havia descoberto em uma de suas viagens anteriores a Nova York. Aquilo era exatamente o que Annie precisava: passar um tempo com seus melhores amigos. A noite foi preenchida com boa comida, risadas e histórias hilárias sobre encontros desastrosos. Foi perfeito.

Quando voltaram para o hotel após algumas bebidas, já eram quase três da manhã. Depois que trocaram abraços e beijos desleixados, jurando se amarem muito, muito mesmo, eles voltaram cada qual para seus quartos e capotaram pelo resto da noite.

Os dias seguintes foram o paraíso para Annie. Quando não estava ensaiando, saía com seus amigos para explorar cada vez mais a cidade de Nova York. Ela sempre sonhara em viajar e experimentar tudo de diferente que o mundo teria a oferecer, e ali estava ela, em um dos lugares históricos mais interessantes em que já estivera. Ela adorava a sensação que a preenchia ao estar bem no meio da agitação da cidade.

Quando chegou o dia do próximo show, o estômago de Annie estava cheio de nós novamente. Ela iria cantar uma música da Leona Lewis chamada *Bleeding Love*, e enquanto cantar na frente de seus amigos não a deixava nem um pouco nervosa, pensar em cantar na frente de Gabe a deixava apavorada... Bom, se ele realmente aparecesse. Ela seria a próxima a se apresentar e não tinha a menor ideia se Gabe estava na plateia ou não.

Foco. Apague todo o resto e mantenha o foco. Você pode fazer isso.

Ao alisar e endireitar a blusa bege de renda e a calça preta de couro, Annie fechou os olhos e respirou fundo... inspirou e expirou... inspirou e expirou. Abrindo os olhos novamente, ela sorriu ao sentir a calma tomar conta dela.

Eu consigo fazer isso.

Quando os aplausos para o competidor anterior começaram a cessar, o diretor sinalizou para que ela se posicionasse. Ela andou até o palco com cautela, seguindo as luzes fracas e rezando para não tropeçar em suas botas de salto alto e cair de cara no chão. Aquilo seria perfeito, com Gabe e o país inteiro assistindo-a.

Felizmente, ela chegou ao microfone ilesa, e, alguns instantes depois, sua música começou. Ao cantar a introdução, indo direto para as notas altas, ela sentiu arrepios percorrerem sua pele. Ela amava aquela música desde a primeira vez que a ouvira no rádio, e agora aqui estava ela, cantando-a para milhões de pessoas. Luzes azuis e roxas espalharam-se pelo palco, movendo-se de forma sincronizada com a batida da música conforme ela cantava.

Assim que terminou o primeiro refrão, Annie pegou o microfone do suporte e começou a andar devagar pelo palco, esticando o braço para tocar as mãos das pessoas da plateia que gritavam sem parar e enlouqueceram quando ela chegou perto. Encarando os rostos dos fãs, ela percebeu o quão surreal aquilo era. Ela estava vivendo um sonho que nunca imaginou que poderia se tornar realidade.

Ao virar-se para retornar ao centro do palco, Annie quase vacilou quando reconheceu um rosto familiar na plateia. Orgulhosa de si mesma por não perder o ritmo, ela continuou até colocar o microfone de volta no suporte para terminar a música no lugar onde havia começado. Aplausos estrondosos irromperam quando ela finalizou, fazendo seu coração inchar tanto que ela pensou que fosse explodir. Ao deleitar-se com a satisfação da plateia com sua apresentação, ela agradeceu às suas estrelas da sorte por ter conseguido se sair bem com Gabe a assistindo.

Após o show, ela estava conversando com um dos outros competidores na sala verde quando um dos assistentes de palco a chamou e disse que ela tinha um visitante esperando do lado de fora. Ela o agradeceu e tirou um pequeno espelho do bolso da calça de couro para conferir sua aparência. Depois de retocar o gloss, Annie respirou fundo e tentou acalmar seus nervos.

Aqui vou eu.

Gabe estava ainda mais bonito do que ela se lembrava, e seu estômago deu uma leve revirada quando ela o viu. Ele estava sorrindo calorosamente para ela, e os olhos castanhos dele cintilaram ao vê-la.

— Você estava maravilhosa — ele elogiou de forma serena, enquanto ela apenas ficou ali, encarando-o por um momento, seus olhos bebendo-o como se estivesse ressecada de tanta sede por vê-lo.

— Obrigada — ela agradeceu, corando. — Não acredito que você veio.

— Não acredito que você achou que eu não viria. Você está conseguindo, Annie. Está fazendo seus sonhos se realizarem. Eu não poderia estar mais orgulhoso.

— Obrigada — ela disse novamente. — Isso significa muito para mim.

— Por que você nunca cantou para mim?

— Você nunca pediu.

— Eu quero que você cante para mim.

Annie riu.

— Acabei de cantar.

— Não, eu quero dizer só para mim.

Balançando a cabeça positivamente, Annie sorriu, tímida.

— Foi só para você. Eu escolhi essa música quando soube que você viria.

Os olhos de Gabe se iluminaram e ele sorriu também.

— Sério? Nah, você está brincando comigo.

— É sério. Não estou brincando.

— Isso é incrível. Obrigado... eu fiquei muito impressionado. Quer dizer, eu te ouvi cantar um pouco vez ou outra, então sabia que a sua voz era linda, mas uau... eu não fazia ideia. Você canta como se tivesse nascido para isso.

— É o que me faz mais feliz na vida, definitivamente.

— Dá para ver, de verdade — Gabe assegurou.

— Obrigada.

— Você já comeu?

— Não, ainda não. Geralmente, eu não consigo antes de me apresentar. Ficou com náusea.

— Ah, sim, acho que eu também não conseguiria comer nada antes de aparecer na TV para milhões de pessoas — ele disse, sacudindo a cabeça e rindo. — Então, posso te levar para jantar? Eu adoraria colocar o papo em dia com você.

— Claro, isso seria ótimo — Annie concordou, sorrindo timidamente.

No fim das contas, Gabe já havia reservado uma sala de jantar particular em um restaurante perto dali. Annie ficou muito impressionada quando entrou na sala decorada de forma extravagante. Havia um arranjo deslumbrante de rosas e lírios no centro da mesa, exalando uma fragrância floral. Ela foi até as flores para sentir o cheiro e comentou sobre o quão adoráveis eram. Gabe puxou a cadeira para ela e gesticulou para que sentasse, e assim ela o fez, agradecendo-o.

— Você deve ter se esforçado muito — ela comentou quando ele sentou-se de frente para ela, do outro lado da mesa. — Não precisava disso tudo.

— Bem, eu preciso confessar que queria você só para mim esta noite. Até tomei a liberdade de fazer nossos pedidos com antecedência para não sermos muito interrompidos. Espero que esteja tudo bem pra você.

— Contanto que não seja fígado acebolado ou língua de vaca, tudo bem — Annie disse ao sorrir para ele, fazendo-o gargalhar.

— Não, é só salada verde de entrada e, depois, bife com batatas e espinafre.

— Parece divino.

No mesmo instante, uma porta se abriu e um garçom apareceu com o jantar e uma garrafa de vinho. Após servi-los, ele desapareceu novamente, deixando-os sozinhos. Eles comeram devagar, tomaram vinho e conversaram sobre tudo o que havia acontecido durante os vários meses desde que pararam de se ver. Annie curtiu cada minuto do seu tempo com Gabe. Era fácil estar com ele, e ela se lembrou de como se sentia bem quando estavam juntos.

Prestes a ir embora do restaurante, Annie checou seu celular e viu que havia várias chamadas perdidas e mensagens de Casey. Ela engoliu em seco ao guardar o aparelho de volta na bolsa. Ela nem se deu ao trabalho de lê-las imediatamente, segura de que ele devia estar surtando ao tentar descobrir onde ela estava e por que não atendia ao telefone. Gabe insistiu em levá-la de volta ao hotel e escoltá-la até seu quarto, agradeceu por ter aceitado jantar com ele e lhe deu um abraço apertado e um rápido beijo na bochecha antes de se lhe desejar uma boa noite.

Annie sentiu uma ligeira decepção por ele não ter tentando beijá-la na boca, mas logo reprendeu-se mentalmente. No que ela estava pensando? Tecnicamente, ela ainda estava namorando Casey. Eles não estavam dando um tempo. Apenas decidiram não dormir juntos durante a competição. Ela não podia sair beijando outros homens até descobrir o que diabos estava acontecendo com seu namorado... se é que ainda podia chamá-lo assim.

Quando estava se preparando para ir para a cama, Annie finalmente checou seu celular. Havia ainda mais mensagens de texto e uma de voz de Casey, mas agora também havia alguns torpedos de Alex, Katie e Erin.

Casey: *Oi, amor. Onde você está? Nós vamos sair para jantar na Times Square. Você quer ir?*

Casey: *Olá?*

Casey: *Hum, será que você pode me responder para eu saber se está tudo bem?*

Casey: *Ok, estou ficando preocupado. Eu não sei onde você está, e ninguém mais parece saber. Mandei mensagens para Alex e Katie, e eles disseram que não te viram desde que saiu do palco. Erin está aqui com a gente e disse que também não te viu depois disso. Onde você se meteu?*

Alex: *Hã, estou deduzindo que você está com o Gabe agora, mas o Casey está explodindo meu celular com mensagens, tentando descobrir onde diabos você está. Só te avisando! Mas, já que estamos na enorme e assustadora cidade de Nova York e ele me deixou todo paranoico agora, você pode, por favor, me responder e me dizer se está bem?*

Katie: *Amiga, o Casey está me bombardeando aqui! O Alex e eu estamos nos fazendo de burros, mas acho que ele sacou que está rolando alguma coisa.*

Erin: *Hã, será que você pode me explicar o que está rolando? Quem é Gabe?*

Casey: *Eu não sei se devo chamar a polícia ou algo assim. Por favor, mande uma resposta para alguém e nos diga se está bem!*

Annie grunhiu ao terminar de ler as mensagens. Depois, ela ouviu a mensagem de voz que Casey havia deixado.

— Olha, princesa, eu sei que tenho andando meio distante, e se você estiver tentando me dar uma lição, tudo bem. Eu sinto muito. Porra, eu sinto muito por estar agindo diferente. Essa competição é estressante pra caramba, e eu não recebo dinheiro quando não estou trabalhando, e ainda tenho aluguel, despesas e outras contas para pagar. Estou acabando com as minhas economias muito rápido, e estou preocupado com isso. Sei que essa competição significa tudo pra você, mas eu arrisquei tudo por isso também. Eu preciso disso tanto quanto você, senão mais. Mas, mais do que isso, eu preciso que você esteja bem. Por favor, fala comigo. Me liga assim que puder, ok? Por favor.

De repente, tudo passou a fazer sentido. Ela entendeu por que Casey estava tão diferente. Ela nunca viu dinheiro ser um problema para ele, e descobrir que ele ficava diferente quando isso acontecia a surpreendeu. Claro, isso era totalmente compreensível, mas agora ela não sabia o que pensar. Ele queria que ela perdesse? Será que ele estava, de alguma forma, pedindo que ela desistisse da competição para que o Pure Flow pudesse ganhar?

Tudo isso estava se tornando drama demais para ela lidar enquanto estava imersa na oportunidade mais importante da sua vida.

Annie respondeu para Casey primeiro.

Annie: *Desculpa, eu não quis te preocupar. Meu celular ficou desligado durante o jantar e só agora vi suas chamadas perdidas e as mensagens. Já estou de volta ao hotel e estou bem.*

Imediatamente, Casey respondeu.

Casey: *Ok. Obrigado por me avisar. Você está bem? Posso ir até o seu quarto para conversarmos?*

Annie: *Não acho que seja uma boa ideia agora. Está muito tarde para discutirmos isso. Podemos conversar amanhã?*

Casey: *Claro. Descanse. Te ligo de manhã.*

Annie: *Ok, obrigada.*

Grunhindo, Annie caiu de costas na cama e começou a enviar uma mensagem de grupo para Alex, Katie e Erin.

Annie: *Ei, gente! Eu tô bem. Não precisam chamar a polícia. Sim, eu estava com o Gabe. Erin, o Gabe é meu ex-namorado que partiu meu coração quando a ex-namorada dele engravidou e ele me deixou para ficar com ela, para o bem do bebê. Mas aí acabou que o filho nem era dele, então ele se livrou, mas eu já tinha conhecido o Casey e seguido em frente. Agora, ele está tentando me reconquistar. Nós saímos para jantar esta noite, mas nada mais aconteceu. Nem ao menos o beijei.*

Alex: *Achei mesmo que você estava com ele, então não fiquei louco de preocupação, mas o Casey ficou, com certeza.*

Annie: *Eu sei, eu já respondi as mensagens dele também. Ele queria vir até o meu quarto agora e conversar, mas eu disse que estava muito tarde para isso.*

Katie: *Que bom que você está bem.*

Erin: *Também acho, mas eu quero mais detalhes sobre esse Gabe.*

Katie: *Vamos tomar café da manhã juntos amanhã?*

Annie: *Com certeza. Encontro vocês lá embaixo às dez.*

Erin: *Posso ir também?*

Annie: *É claro!*

Alex: *Dã!*

Katie: *Por favor! Você agora é uma de nós, garota! Claro que pode ir!*

Annie: *Eles não são uns amores?*

Erin: *Sim! Vocês são meu tipo de gente. Mal posso esperar para sairmos juntos quando voltarmos para LA.*

Alex: *Idem!*

Para sua surpresa, Annie teve uma ótima noite de sono, mesmo com a iminente conversa com Casey que ela temia. Seus amigos tinham esse efeito nela. Quando estava para baixo, eles sempre sabiam como reanimá-la. Ela sabia que tinha muita sorte por tê-los em sua vida e que nunca teria de enfrentar nada sozinha, a menos que quisesse.

Capítulo 12

Assim que estava terminando de tomar café da manhã com seus amigos, Annie recebeu mais uma mensagem de Casey, perguntando se ela estava livre para que pudessem conversar. Ela respondeu dizendo que estaria no hotel dentro de meia hora, e se ele poderia esperá-la. Ele pediu que ela ligasse quando estivesse de volta para que ele fosse até seu quarto.

Quando voltaram, Alex, Katie e Erin sorriram para Annie com simpatia e desejaram-lhe boa sorte antes de seguirem por caminhos diferentes no saguão do hotel.

— Vemos você depois dos resultados hoje à noite.

— Ok, obrigada pelo café da manhã — Annie disse ao abraçar Katie.

— Por nada. Amo você, garota. Te vejo mais tarde. — Katie beijou sua bochecha antes de soltá-la. — E seja forte. Não tolere nenhuma merda dele.

Annie riu.

— Valeu. Eu não vou. Vejo vocês depois.

Depois que eles foram embora, ela ligou para Casey e disse a ele que estava subindo para seu quarto. Ele disse que a encontraria lá em alguns minutos.

A batida forte na porta a fez se sobressaltar, mesmo que estivesse esperando por ele. Ela estava nervosa e não sabia o que ia acontecer. Após deixá-lo entrar, ele a abraçou e beijou, e por puro hábito, ela correspondeu.

— Então... eu sei que tenho agido estranho ultimamente — ele começou ao sentar na cama. — Eu não sabia o quão estressante tudo isso seria quando concordei em entrar nessa competição.

Annie arrastou uma cadeira para perto da cama e a alinhou diante de Casey antes de sentar.

— Nem eu. Sei que estamos sob muita pressão, mas parece que passei a ver um lado seu que eu não sabia que existia, e isso me preocupa.

— Entendo, mas esse não é o meu normal. Você conhecia o meu normal.

— Eu conhecia mesmo? Como podemos saber o que "normal" vai significar para nós ano que vem, ou daqui a cinco anos? Como eu posso não temer como você pode agir caso alguma vez cheguemos a ter algum problema financeiro no futuro?

— Olha, eu só deixei o estresse tomar conta de mim dessa vez, mas juro que isso não vai mais acontecer. Vou fazer de tudo para garantir isso. Você é a melhor coisa que já me aconteceu, Annie, e não quero perder o que temos.

Annie suspirou.

— Eu também não quero perder o que temos, mas não acho que ainda tenhamos escolha quanto a isso. Para ser completamente honesta, eu meio que sinto que já perdemos.

Franzindo a testa, Casey balançou a cabeça e segurou as mãos de Annie.

— Não diga isso, baby. Eu te amo. Nós podemos consertar isso, podemos fazer dar certo. Eu sei que podemos — ele pediu, quase desesperado, apertando as mãos dela.

— Não sei... talvez nós possamos... eu só não tenho certeza se ainda quero fazer isso.

Casey estreitou os olhos ao soltar as mãos dela.

— Sério? — Ele inclinou-se um pouco para trás e a analisou com cuidado. — O que mudou? Eu pensei que você me amasse.

Annie evitou seu olhar, desviando por um momento ao pensar com cautela em suas próximas palavras. Por fim, ela voltou a olhar para ele.

— Casey, eu me importo muito com você. E eu te amo, sim, mas, com tudo que aconteceu, e com todo esse estresse que estamos passando, não consigo confiar cem por cento nos meus sentimentos. Eu acho que, talvez, pode ser uma boa ideia darmos um tempo, por enquanto. Podemos voltar a conversar depois que esse negócio tiver acabado, quando nós dois pudermos pensar direito novamente.

Por vários longos momentos, não houve nada além de silêncio, enquanto Casey ficou apenas encarando Annie. Sua expressão estava impossível de interpretar. Ela o encarou de volta por vários segundos, mas acabou ficando um tanto desconfortável fazer isso e ela desviou o olhar novamente, sem saber o que dizer ou fazer em seguida.

— Existe outra pessoa? — ele perguntou, por fim.

— Não! — ela respondeu rápido demais.

— Aham. — Casey coçou o rosto e olhou nos olhos dela. — É aquele cara que encontramos no The Grove quando almoçamos no Farmers Market aquela vez, não é? Você disse que ele era só um amigo, mas ele já foi mais do que isso para você, não foi?

Annie mordeu o lábio antes de assentir devagar.

— O nome dele é Gabe, e sim, nós namoramos, mas agora somos apenas amigos.

— Ah, tá. Esse Gabe não é o canalha que engravidou a ex-namorada e te deixou por ela?

Amaldiçoando a boa memória dele, Annie assentiu novamente.

— Sim, é. Mas ele acabou descobrindo que o bebê não era dele, no fim das contas. Ele estava me contando isso naquele dia, quando você voltou do banheiro e nos viu conversando.

— Saquei. E agora que ele está disponível de novo, você quer me deixar para ficar com ele.

— Não! Quer dizer, eu não sei. Não tenho mais certeza do que quero. Ele já me pediu outra chance depois que o vi naquele dia, mas eu recusei. Eu não disse a ele que queria tentar de novo. Eu disse que queria ficar com você.

— Ok, então, se esse é o caso, o que te fez mudar de ideia de lá para cá?

Annie deu de ombros.

— Não sei. Você tem agido diferente desde que chegamos em Nova York, e sei que você diz que é porque está estressado, mas você mentiu para mim sobre não ter tido namorada antes, e depois reagiu com exagero quando me viu com o Trey...

— Aquele filho da puta estava tentando te beijar! Como pode me acusar de exagerar?

— Ok, não foi exagero reagir daquela forma por ele tentar me beijar, mas aí você me tratou como se eu é que tivesse tentado beijá-lo! Você agiu como se eu tivesse te traído, e tudo o que eu fiz foi aceitar um convite de um amigo para sair para jantar. Como diabos eu deveria saber que ele ia tentar algo a mais, independente de eu perceber ou não que ele estava atraído por mim? É claro que eu sabia que ele estava atraído por mim. Me fez sentir bem! Você tinha acabado de me dar um bolo para ir jantar com a Trisha e o seu grupo de novo.

— Eu não te dei um bolo! Você não atendeu seu celular — Casey argumentou.

— Meu celular estava sem bateria. Eu não tinha como atender.

— Isso não é culpa minha.

— Bem, também não é minha culpa não poder atender sua ligação e perder o convite para jantar, e ser deixada com as opções de comer sozinha ou dividir uma refeição com alguém que eu conhecia, já que estou presa aqui no meio de uma cidade enorme na qual nunca estive antes, sem amigos, exceto por você e os outros caras.

— E a Erin?

— A Erin estava ocupada com os próprios problemas. Ela não estava disponível para jantar naquela noite.

— E você morreria se tivesse que comer sozinha?

— Ai, meu Deus, não acredito que estamos brigando por isso! Por que você não pode simplesmente deixar pra lá? Não fiz nada para te atingir de propósito.

Casey sacudiu a cabeça e esfregou o rosto com as mãos.

— Me desculpa. Eu só não suporto pensar em você com aquele cara. Porra, isso me deixa louco. Quando o vi tentando te beijar, foi como voltar no tempo, na noite em que entrei no meu apartamento e vi Laura beijando ele.

Balançando a cabeça, Annie suspirou.

— Entendo, de verdade. Mas eu não sou ela, e você não pode me tratar como se eu fosse. Não pedi para ele me beijar, nem fazia ideia de que ele tentaria algo assim. Talvez eu devesse, mas pensei mesmo que ele entendia que somos só amigos e nada mais. Ele sabia que eu estava com você, e nunca dei a ele nenhum sinal de que estaria interessada em terminar o meu relacionamento. Eu já te disse antes que gosto de oferecer o benefício da dúvida para as pessoas, então, do meu ponto de vista, até então, ele não havia feito nada para me fazer pensar que ele não respeitaria os limites que impus. Agora que sei que ele não respeita esses limites, não quero ter mais nada a ver com ele. Eu dei a ele a chance de ser meu amigo, e ele quebrou minha confiança.

Annie respirou fundo antes de continuar.

— Agora, de volta a nós dois, eu pensei que o que tínhamos era profundo o suficiente para que você confiasse que não sou o tipo de pessoa que faria uma coisa dessas. Quer dizer, até pensei que fosse isso que você gosta em mim: o fato de eu ser uma pessoa genuinamente boa, na qual você pode confiar, não apenas como namorada, mas também como amiga.

— Essa é uma das coisas que eu mais amo em você, e sinto muito por não ter confiado em você o suficiente para deixar sentimentos antigos para lá. Eu sei que não deveria te comparar à minha ex, e que não deveria ter mentido sobre nunca ter tido um relacionamento sério antes de você. Eu tinha vergonha do jeito que as coisas rolaram, sabe? De ter confiado em alguém o suficiente para acreditar que ela nunca faria algo assim comigo. Eu confiei nela para chamá-la de namorada e ir morar com ela, e mesmo assim, ela fez aquilo comigo. Eu não queria admitir que já havia me comprometido com alguém assim antes. Me sinto um idiota por ter deixado isso acontecer.

Inclinando-se para frente, Annie pousou as mãos nos joelhos de Casey e apertou gentilmente, olhando-o bem nos olhos.

— Casey, você não a obrigou a fazer isso. Você não a fez te trair, e dentro da casa que vocês dividiam.

— Eu sei, mas eu devia ter percebido o tipo de pessoa que ela era e nunca tê-la chamado para morar comigo. Eu nunca devia tê-la pedido em namoro.

— Tudo bem, amor. Eu nunca deveria ter convidado o meu ex-namorado para morar comigo, e sem pagar aluguel, anos atrás. Todos cometemos erros estúpidos. É a vida. Nós conhecemos alguém, conhecemos essa pessoa, aprendemos a confiar nela, às vezes, ela nos decepciona, e às vezes não. É parte do ciclo da vida. Não acho que as más decisões dela são um reflexo do seu caráter.

— Eu sei... você tem razão. — Casey abriu um sorriso torto e balançou a cabeça. — Parece que o cara aqui tem bagagem, afinal de contas, hein?

Nunca percebi o quanto essa merda toda me afetou, até agora. Me desculpa por ter te feito passar por tanta coisa.

Annie sorriu de volta e afagou os joelhos dele novamente, depois deu leves tapinhas antes de recolher as mãos e cruzá-las sobre seu colo.

— Tudo bem. Mas, como eu disse, isso é demais para que eu possa lidar agora. Você e eu estamos lutando por um sonho, e acredito que não queremos atrapalhar um ao outro. Você vai fazer o que tiver que fazer para ganhar esse negócio, e eu vou fazer o que eu tiver que fazer. Que vença o melhor homem ou mulher. Poderemos resolver as coisas entre nós depois que isso acabar. Ok?

Casey ficou quieto por um longo instante antes de enfim responder.

— Ok.

Ele ficou de pé e sorriu para Annie, oferecendo-lhe a mão para ajudá-la a levantar também. Assim que ela o fez, ele envolveu o corpo dela com os braços e a puxou com intensidade. Annie fechou os olhos e aproveitou seu abraço quente.

Ela se importava mesmo com ele, e se perguntou o que o futuro reservava para eles. Se decidissem ficar juntos, haveria muitos obstáculos para superarem. E ela ainda não sabia o que fazer em relação a Gabe. Mas ele já estava em um avião retornando a Los Angeles, e agora que ela estava dando um tempo com Casey, ela poderia focar apenas em vencer a competição... que é o que ela deveria estar fazendo esse tempo todo.

Os resultados do show daquela semana eram os mais importantes até então. Naquela noite, eles determinariam quem entraria para o top dez. Mas, quando Kyle Atkinson chamou seu nome após o de Erin, o coração de Annie pareceu afundar. A última coisa que ela queria era competir contra a garota que havia se tornado sua melhor amiga durante o curto período de tempo em que se conheciam. Ao se aproximar do centro do palco, ela viu que a expressão de Erin estava igual à sua.

Quando Annie chegou à sua marca, Erin imediatamente pegou sua mão. Elas ficaram juntas diante da plateia, segurando a mão uma da outra com força enquanto esperavam pelo veredito. Lágrimas desceram pelos rostos das duas conforme o apresentador tateava o envelope para abri-lo.

— E a competidora que nos deixará esta noite é...

— Eu te amo, amiga — Erin sussurrou para Annie. — Você merece isso.

— Erin Tanaka! Isso significa que você se salvou por mais uma semana, Annie Chang. Parabéns, você pode deixar o palco por esse lado. Obrigado. Ok, e, Erin, muito obrigado pela sua participação no programa e por compartilhar seu talento incrível conosco. Vamos dar uma rápida olhada na sua jornada aqui no The Next American Superstar!

Annie estava chorando copiosamente ao abraçar Erin e deixar o palco em seguida. Ela sabia o quanto sua amiga queria ganhar. Tudo que Erin sempre quis na vida foi cantar, e essa havia sido sua grande chance. Não importa o quão aliviada Annie estivesse se sentindo por continuar na competição, ela não conseguia se sentir bem por ver outra pessoa ser mandada embora para que ela pudesse permanecer.

Annie assistiu ao clipe de Erin passar e continuou a chorar. Ela participava de algumas partes com a amiga, já que as duas andavam grudadas desde que se conheceram. Aquilo trouxe todas as lembranças que elas agora compartilhavam, e mesmo que estivesse devastada por saber que Erin iria embora, Annie sabia que havia feito uma amiga para o resto da vida. Enxugando as lágrimas, ela aplaudiu ruidosamente junto com a plateia, e então colocou as palmas em concha ao redor da boca para gritar o mais alto que podia:

— Eu te amo, Erin! Você é o máximo!

Erin virou para ela e soprou um beijo, acenando para Annie antes de voltar a ficar de frente para a plateia. Ela fez uma reverência, acenou para todos mais uma vez, e virou-se para deixar o palco. Os aplausos continuaram por vários segundos depois que ela saiu, e então cessaram.

O Pure Flow subiu em seguida, e eles também foram mandados para o top dez, derrotando uma dupla russa de dança de salão formada por um marido e uma esposa que se chamavam os Russian Royals. Annie sorriu para Casey quando ele entrou na sala verde, erguendo o polegar para ele e sussurrando "Bom trabalho". Ele sorriu e sussurrou de volta "Você também", e então juntou-se ao resto do seu grupo para que fossem para o outro lado da sala, para esperar o restante dos resultados.

O programa continuou, e logo se juntaram a eles um mágico, um comediante, uma cantora de ópera, um grupo de sapateado, um número de acrobacia, uma banda de música *bluegrass*, uma violinista que dançava enquanto tocava, e um dançarino de street dance especializado em *animation*, um estilo que o grupo de Casey também incorporava em suas coreografias.

Gabe mandou uma mensagem para ela e a parabenizou. Ele não mencionou nada a respeito de querer que ela decidisse ficar com ele. Ele apenas disse que gostou de vê-la em Nova York e assistiria ao programa toda semana para torcer por ela. Annie apreciou o fato de que ele estava apenas sendo amigável e lhe dando apoio, sem pressioná-la a tomar qualquer decisão, enquanto ela lutava para permanecer na competição.

Annie fez de tudo para não pensar demais no fato de que cinco competidores seriam eliminados na semana seguinte, deixando apenas outros cinco para competirem na rodada final. Escolher sua música não foi difícil, porque ela esteve esperando durante a vida toda para apresentá-la. Desde que se entendia por gente, ela amava cantar a balada triste *Without You*, da Mariah Carey, e agora ali estava ela, prestes a cantar a música em rede nacional.

O primeiro ensaio foi terrível. Ela estava muito fora da nota e perdeu a deixa para o segundo verso, e ainda ficou sem fôlego durante uma nota que ela deveria segurar. Ela foi aos prantos já na primeira hora, e Jaime, sua treinadora vocal, pediu um intervalo e sentou com ela para conversarem.

— Annie, está tudo bem. Você precisa respirar e relaxa um pouco. Ok, precisa relaxar muito. Eu sei que tudo depende dessa apresentação, mas não é tão diferente das anteriores. Cada uma delas foi pra valer, e você poderia ter ido embora. Mas aqui está você, no top dez. Cada apresentação sua deslumbrou a plateia. Tudo o que você precisa fazer agora é entregar mais uma apresentação excepcional e vai dar tudo certo. Você está tão perto, e eu acredito em você. Acredito que você pode fazer isso. Mas tem que acreditar em você também. Não venha bancar a medrosa pra cima de mim, está entendendo? Você consegue fazer isso. Não fique presa na sua própria mente agora. Não comece a duvidar de si logo agora, senão você já era. Não desista. É uma ordem. Você está me entendendo?

Assentindo positivamente, Annie aceitou o lenço que Jaime lhe ofereceu, enxugou as lágrimas e assoou o nariz.

— Ok, agora tome um pouco de água e descanse por alguns minutos para que possamos voltar ao trabalho.

— Sim, senhora! — Annie exclamou, pegando sua garrafinha de água.

Ela fechou os olhos por um minuto e obrigou-se a respirar e focar. Inspira e expira. Inspira e expira.

Eu posso fazer isso. Eu posso fazer isso. Eu posso fazer isso.

Quando abriu os olhos novamente, ela estava pronta para arrasar.

— Vamos, do começo — Annie disse.

Jaime sorriu e voltou ao piano. Com sua treinadora vocal tocando a música, Annie começou a cantar novamente, mas, dessa vez, ela fechou os olhos e imaginou-se no meio do palco, sob a luz brilhante do holofote. Jaime pareceu sentir o que ela estava tentando fazer e decidiu não dizer a ela que deveria manter os olhos abertos durante a apresentação. Haveria tempo para isso depois. Naquele momento, ela só precisava sentir a música e visualizar-se sobre o palco, fazendo a melhor apresentação da sua vida.

Ela continuou a cantar sem cometer um único erro, e colocou todas as emoções contra as quais vinha lutando durante o último ano em cada nota, em cada palavra que saía dos seus lábios. Algumas lágrimas escaparam conforme ela soltava a voz no refrão, gesticulando para enfatizar o que estava sentindo.

Quando terminou, Annie sentiu-se completamente exausta, mas também orgulhosa de si mesma. Era disso que ela era capaz. Era assim que ela deveria se pressionar e motivar. Esses eram os limites que ela precisava superar. Se cantasse essa música na noite de quinta-feira do mesmo jeito que havia acabado de cantar, ela sabia que podia muito bem sair dali com um contrato de cinco milhões de dólares. Ela conseguiria seu maior sonho. Estava ao seu alcance. O poder de ir até o fim estava em suas mãos. O poder de vencer estava nela.

Jaime olhou para ela por um momento antes de começar a bater palmas, balançando a cabeça ao mesmo tempo.

— Querida, se você não ganhar essa competição, é porque deve ter algo de errado com esse mundo. Isso foi esplêndido, e é disso que você precisa para vencer.

Capítulo 13

Os dias seguintes passaram muito rápido, para o gosto de Annie. Ela estava temendo a próxima rodada com a mesma intensidade com que ansiava por ela. Embora ela soubesse que era capaz de fazer uma apresentação digna de vencer, não significava que não estava com medo de ferrar com tudo de alguma maneira.

Ela não demorou a descobrir que, juntamente com estar no top dez de um show de talentos transmitido nacionalmente, vinha o excesso de atenção. Pelo menos na metade das vezes em que saía do hotel, havia paparazzi esperando do lado de fora. Ela não se importava muito, mas fez uma nota mental para lembrar-se de nunca sair sem maquiagem. Os artistas do top dez tiveram na agenda três entrevistas, uma atrás da outra, naquela semana. A primeira era para um programa muito famoso que ia ao ar tarde da noite, a segunda era para uma matéria em um jornal local, e a terceira, para um *talk show* matinal nacional. As entrevistas acabaram sendo mais divertidas do que ela esperava, e Annie respondeu a todas as perguntas com facilidade. Ela achou que deu respostas sérias e bem construídas, e torceu para que tudo tenha sido bem capturado pelas câmeras.

Antes que pudesse perceber, a terça-feira havia chegado, e ela estava fazendo a prova final do vestido que escolheu junto com a estilista. Ela fez amizade com Belkis durante a primeira rodada, quando conheceu a feiticeira com uma agulha. Feito de cetim, seu vestido era tomara que caia, no estilo sereia, e acentuava perfeitamente todas as suas curvas. Era fabuloso, e ela adorou o jeito como se sentia ao usá-lo. Ele lhe dava confiança e a fazia se sentir poderosa.

Naquela noite, quando Annie apossou-se do palco, ela fez a plateia explodir em aplausos. Todos, incluindo os jurados, estavam de pé ao gritarem, assobiarem e aplaudirem de forma enlouquecida. Enquanto estava lá, deleitando-se com a adoração da multidão barulhenta, seu único pensamento negativo foi "O que diabos eu vou fazer para superar isso?".

A noite dos resultados foi tranquila. Ela e Carolyn Lee, a cantora de ópera de Santa Clarita, ficaram no páreo e Annie ganhou dela. O Pure Flow ganhou do Gaelic Pride, os dançarinos de sapateado de New England. Os outros três artistas que passaram para o top cinco foram Joey J, o dançarino de street dance, Jim Huntley, um comediante muito engraçado de Los Angeles, e Lily Steele, uma violinista que tocava e dançava ao mesmo tempo. Ao posicionar-se no palco com os outros quatro finalistas, Annie mediu sua concorrência. Todos seriam difíceis de derrotar, mas ela acreditava em si mesma e em seu talento. Ela acreditava que tinha o necessário para vencer.

Quando foi dormir naquela noite e, no dia seguinte, quando acordou, tudo em que conseguia pensar era "Que música vai me ajudar a ganhar?". Ela passou quatro horas no Google, pesquisando as baladas mais populares de todos os tempos. Ela ouviu versões diferentes de várias músicas e olhou as letras que mais lhe chamavam atenção. Finalmente, ela deparou-se com uma da Christina Aguilera que falou com ela assim que ela leu o título: *The Voice Within*. Annie ouviu a música cinco vezes antes de decidir que aquela era, definitivamente, a canção certa para ela. Quando se encontrou com Jaime, ela lhe entregou as partituras, nervosa, e prendeu a respiração ao esperar pela reação da treinadora. Assim que os olhos de Jaime pousaram no título, seus lábios se esticaram em um sorriso largo e ela olhou para Annie, assentindo.

— É essa, querida. É essa.

Posicionando as partituras, Jaime deu uma pausa para estalar os dedos e, então, começou a tocar. Annie ficou de pé ao lado dela e contou as medidas mentalmente antes de começar a cantar. Mesmo tendo ouvido a música tantas vezes, ela ainda não havia decorado a letra. E, nossa, eram palavras poderosas. Ela não podia pensar em uma mensagem melhor para transmitir em sua apresentação final no programa, e esperava que Christina ficasse orgulhosa dela, se alguma vez a rainha do pop a visse.

Quando as mãos de Jaime diminuíram o ritmo nas teclas do piano até parar, não houve nada além de silêncio por vários segundos. Por fim, a treinadora vocal levou uma mão ao rosto para limpar uma lágrima e virou-se para sorrir para Annie.

— Essa foi uma escolha maravilhosa, Annie. Me sinto honrada por poder trabalhar com você, e sei que você tem muito a conquistar. Você tem uma inocência doce que é muito especial, mesmo que eu saiba que é mais forte que uma rocha. Você canta com tanta paixão e alegria. Nunca esqueça do porquê você lutou e se esforçou tanto. Nunca se esqueça do seu amor pela música. Haverá momentos em que a vida ficará muito difícil. Esse não é um ramo fácil para se seguir, pelo menos não a curto prazo. Mas eu acredito em você. Acredito que você tem a capacidade, a determinação e a motivação para chegar até o final. Mas você deve ser implacável na sua busca. Nunca pare de entregar cento e dez por cento. Dê valor a tudo.

— Obrigada, Jaime. Eu nem sei o que dizer. Poder trabalhar com você e te ter como mentora tem sido um dos maiores privilégios da minha vida, e sei que eu não teria chegado até aqui sem a sua orientação. Espero que depois disso possamos continuar amigas, e espero sempre poder vir até você quando precisar de algum conselho, seja relacionado à música ou não. Você tem uma alma linda e única, e eu te agradeço muito por compartilhar o seu dom e por ser paciente e me ajudar a chegar tão longe.

— Ok, já chega. Você já me fez chorar, droga. Me dê um abraço — Jaime ordenou ao ficar de pé e puxar Annie em um abraço caloroso. — Você vai vencer essa competição. Posso sentir isso.

— Consigo sentir também. Espero que não estejamos apenas nos iludindo.

O show final foi espetacular. Além dos artistas do top cinco fazerem suas apresentações individualmente, cada um também se apresentou com uma celebridade do seu gênero artístico para o *grand finale*. Todos estavam completamente preparados e mandando ver naquela noite, fazendo mais e melhor do que já fizeram antes. O Pure Flow levou a plateia à loucura com uma coreografia criativa ao som de um medley de músicas do N'Sync, e Annie recebeu aplausos mais uma vez por sua esplêndida performance ao cantar *The Voice Within*. Os outros artistas que vieram depois também fizeram um ótimo trabalho, então Annie não fazia ideia de como seriam os resultados. Ela havia entregado tudo o que tinha. Tudo o que ela podia fazer a partir de então era sentar e esperar pelos resultados na noite seguinte.

Annie sabia que ficaria louca se não encontrasse algo com o que se ocupar no dia posterior. Por sorte, ela tinha um dia inteiro de entrevistas pela frente, então seria difícil ter algum momento livre para pensar em qualquer outra coisa que não fosse enunciar bem suas palavras, ficar de pé com as costas alinhadas e lembrar-se de sorrir. Era isso. À noite, eles anunciariam o vencedor em rede nacional, e finalmente, ela poderia saber se havia feito o suficiente para lhe garantir o título.

Seu figurino para a final era um vestido em estilo grego feito com um material branco transparente que tinha manchas em forma de borrifos nas cores verde e azul-petróleo ao redor, formando uma espiral até embaixo, e sandálias azul-petróleo. Belkis trouxe o vestido até ela e disse que havia sido desenhado por um amigo próximo seu, e que ela ficaria honrada se Annie o usasse. Assim que viu o vestido, Annie se apaixonou e agradeceu a Belkis repetidamente por ter pensado nela.

Ela se sentiu linda e confortável ao mesmo tempo em seu novo vestido no palco com Casey e o resto do Pure Flow, Jim Huntley, o comediante, Afterflow, o dançarino de street dance, e Lily Steele, a violinista dançarina. Conforme Kyle lia os resultados, os competidores foram sendo eliminados um por um, até restarem apenas dois. A primeira a ir foi Lily Steele, seguida por Jim Huntley e depois, Afterflow. Aturdida, Annie olhou para Casey e os outros caras, que estavam do outro lado do palco e evitavam olhá-la de volta, preferindo encarar o chão, balançando os corpos de um lado a outro enquanto esperavam o apresentador acabar com o sofrimento de todos eles e anunciar o vencedor. Embora tenha brincado com isso antes, ela nunca havia realmente pensado que justamente eles ficariam um contra o outro no final.

Suor começou a cobrir a testa de Annie conforme ela permanecia ali, encarando a plateia, esperando pelas próximas palavras de Kyle, que decidiriam o rumo que sua vida tomaria a partir dali. Será que ela se mudaria para Las Vegas, ou teria que voltar para Los Angeles, encontrar um novo emprego e morar com seus pais? Assim como a maioria dos apresentadores de TV faziam, Kyle estava enrolando o máximo possível para dar o resultado final. Annie pensou que ele estava prestes a anunciar mais um intervalo comercial quando ele finalmente disse as palavras mágicas pelas quais ela tanto esperava.

— E o vencedor do The Next American Superstar e de um contrato de cinco milhões de dólares para ter seu próprio show em Las Vegas, Nevada, é...

Kyle fez uma pausa dramática, enquanto tambores rufaram. Uma jovem moça bonita em um vestido longo vermelho de seda, que esteve ao lado do apresentador o tempo inteiro, esticou o braço para entregar-lhe um envelope. Após rasgá-lo para abri-lo, ele olhou para o tão esperado resultado antes de erguer a cabeça novamente e abrir um sorriso enorme para todos.

Epílogo

Um ano depois...

— Dez minutos, senhorita Chang. Última chamada.

— Obrigada. Já estou indo — Annie disse à assistente que havia sido enviada para avisá-la de que estava na hora de se posicionar no palco antes que o show começasse.

Ela estava prestes a fazer a vigésima apresentação do seu show em Las Vegas. Vencer o The Next American Superstar foi tudo o que ela sempre quis e mais um pouco.

Após ser anunciada como vencedora da primeira temporada, ela quase não teve tempo para si mesma. Assim que a gravação do último episódio da temporada, com os resultados, encerrou, ela foi logo jogada em entrevistas pós-programa, uma atrás da outra. Ela só conseguiu ir para a cama depois das três da manhã, e só pôde dormir por duas horas antes de ter que levantar para mais uma aparição em um talk show matinal. A agenda continuou insana durante semanas até ela poder voltar para Los Angeles, e teve apenas uma semana para arrumar suas coisas e se mudar para sua nova casa em Las Vegas

Alex e Katie a ajudaram a escolhê-la, vasculhando anúncios de corretoras e enviando para ela as que mais gostaram. Ela os contratou como consultores de figurino e assistentes pessoais, e eles a mantiveram sã. Ela não sabia o que faria sem eles. Katie se ofereceu para decorar a casa para Annie, que aceitou a oferta na hora. Ela literalmente não tinha tempo para escolher a mobília, e adorava o estilo de Katie, então ficou animada para ver o que sua amiga aprontaria.

O resultado final foi mais do que Annie poderia esperar. Katie manteve tudo em um estilo clean e moderno, mas adicionou toques femininos e elegantes que eram a cara de Annie. Ela mal podia esperar para dar festas no seu novo cafofo, embora não tivesse tempo para nada além do trabalho.

Sua parte favorita na nova casa era o estúdio de gravações, onde ela passava uma boa parte do tempo escrevendo novas canções. Mais da metade das músicas que ela apresentava em seu show tinha sido escrita por ela naquele estúdio. Ela até levou Erin para gravar um dueto, e estava tentando conseguir um acordo para que sua ex-concorrente e melhor amiga pudesse ser incluída em seu show.

Mas Erin estava muito ocupada por ter retornado ao seu emprego em tempo integral como assistente executiva em uma produtora de videogames em Los Angeles, além de estar dividindo seu tempo livre entre a cidade onde morava e Nova York. Seu relacionamento com Traver, o bartender/ator/modelo, se tornou bastante sério, e mesmo que Annie não colocasse muita fé no relacionamento à distância da amiga, parecia estar funcionando bem para eles, até então.

Quanto à vida amorosa de Annie, as coisas não aconteceram bem como ela esperava.

Após finalizar seu vigésimo show, ela sentou-se em seu camarim e massageou seu pé, gemendo de dor. Ela viu que havia uma nova bolha surgindo no dedão do pé, causada pelos novos sapatos de dança.

— Deixa que eu faço isso, amor — uma voz masculina disse após a porta do camarim se abrir e, em seguida, fechar atrás de um homem alto e esguio, de cabelo castanho curto e espetado, olhos castanhos calorosos, várias tatuagens cobrindo os dois braços e usando calça jeans preta e uma camiseta branca.

Gabe sentou-se em uma cadeira perto de Annie e puxou os pés dela para seu colo, inspecionando a bolha antes de massagear suavemente, tomando cuidado de não pressionar a área machucada.

Enquanto o homem dos seus sonhos mimava seus pés doloridos, Annie sorriu em contentamento. Gabe havia provado ser leal e paciente. Ele a esperou não só terminar a competição de talentos, mas também a descobrir como queria que as coisas ficassem com Casey, e não a pressionou ou apressou uma única vez por uma resposta.

Após o término da primeira temporada do The Next American Superstar, Casey voltou a sair em turnê com Kayla Miles, que, é claro, o recebeu de volta de braços abertos. Annie e ele conversaram sobre tentar reavivar seu relacionamento, mas Casey foi homem suficiente para admitir que não achava que era o cara certo para ela. Suas carreiras eram muito importantes para eles, e nenhum dos dois estava disposto a sacrificar tudo para estar com o outro.

Quando Annie chegou a Las Vegas, Gabe esperou até que estivesse instalada antes de tomar uma atitude. Ele, então, a convidou para jantar. Após uma noite agradável, cheia de ótima comida e conversa fácil, ele perguntou a Annie quando seria seu primeiro fim de semana livre. Depois de consultar seus cronogramas de ensaios e gravações, ela encontrou um fim de semana em que isso daria certo. Gabe se recusou a lhe contar qualquer coisa sobre seus planos, limitando-se a instruí-la a arrumar uma bolsa para passar a noite fora e estar no aeroporto de Las Vegas às cinco da tarde da sexta-feira. Ela ficou sem notícias dele por duas semanas até o dia marcado chegar.

Ele a encontrou no aeroporto, onde perguntou se confiava nele. Fitando-o, pensativa, Annie tomou um longo minuto antes de, finalmente, responder:

— Sim, confio em você. — Ela sorriu suavemente.

Então, ele pediu que ela colocasse a venda que lhe entregou, o que fez com que o sorriso desaparecesse imediatamente do seu rosto, fazendo Gabe rir.

— Você disse que confia em mim, lembra? — ele a recordou.

— Sim, mas não sabia que você ia me entregar uma venda — ela protestou.

— Qual é! Cadê o seu senso de aventura?

— Devo ter deixado em casa. Talvez eu deva voltar para buscá-lo.

Gabe abriu um sorriso bobo e a puxou para si, segurando-a bem perto dele. Arfando, Annie o abraçou pela cintura e o apertou com força. Ela podia sentir o calor da ereção dele pressionando sua barriga.

— Você está com tesão o tempo inteiro, ou é só por causa de toda essa conversa sobre confiança e olhos vendados?

— Fico com tesão sempre que estou perto de você, mas o papo sobre confiança e olhos vendados com certeza está ajudando — ele admitiu, fazendo-a abrir um sorriso malicioso.

— Tá, tudo bem. Eu vou vendar os meus olhos. Faça comigo o que quiser — Annie disse, rendendo-se, e ergueu a venda para deslizá-la pelo topo da cabeça até seus olhos, ficando impedida de ver qualquer coisa.

— Isso, gata — ele murmurou na orelha dela, enviando arrepios por sua espinha ao roçar os lábios na pele sensível do seu lóbulo.

Vendada, Annie esperou até que Gabe a colocou em uma cadeira de rodas e começou a levá-la até o portão de embarque. Depois, ele a ajudou a embarcar no avião e a colocou em seu assento. O voo foi bem curto, e antes que percebesse, eles já estavam saindo do avião e, mais uma vez, ele a levou em uma cadeira de rodas pelo aeroporto até um carro que os estava esperando.

Após estar sentada e com o cinto de segurança, Annie virou-se para o lado em que pensava que Gabe estava sentado, no banco do motorista.

— Agora você vai me dizer para onde estamos indo?

— Ainda não, mas já estamos chegando lá.

Assim como Gabe disse, não demorou muito até que alcançassem o que ela apostou ser seu destino final. Ela mal havia saído do carro quando Gabe a pegou nos braços e começou a carregá-la para algum lugar.

— Uou, o que você está fazendo? Para onde estamos indo? — ela exigiu saber, com pânico na voz, e o estapeou no peito com certa força.

— Ai! — ele respondeu. — Ei, cuidado aí, amor.

— Desculpe. Posso tirar essa coisa do meu rosto agora? — ela implorou.

— Só um segundo. — Então, ele parou de andar e a colocou de volta no chão gentilmente, de pé. — Ok, pode tirar agora.

Annie arrancou a venda dos olhos, apertando-os um pouco devido à luz que os atingiu, conforme tentava se situar. Ao, por fim, absorver a vista diante dela, ela ofegou. Gabe a havia levado até o Sanctuary Camelback Resort, em Phoenix, Arizona, e recriado a noite em que estiveram lá e tomaram banho de espuma juntos sob as estrelas do céu noturno. Desde as pétalas de rosa jogadas pelo pátio Chinese Rock, às velas que queimavam e à música de Robin Thicke que estava tocando, tudo estava igual à noite perfeita que tiveram ali um ano antes. A única diferença era que havia algo a mais no pátio anexo: uma cama com dossel, completa com travesseiros fofos e um edredom branco.

— Vem dançar comigo — ele pediu suavemente ao pegar a mão dela e puxá-la para si, começando a embalá-los de um lado para o outro.

Ela se movia com facilidade nos braços dele, com um sorriso radiante curvando seus lábios ao se aconchegar contra o peito dele. Foi perfeito. Ele era perfeito. Ela não podia imaginar nada mais perfeito para esse momento.

Então, ele deslizou um dedo sob o queixo dela e ergueu seu rosto. Devagar, ele baixou a cabeça e reivindicou os lábios dela em um beijo doce, terno e vagaroso.

Annie começou a sentir o calor queimar em seu baixo ventre enquanto ele continuava a devorar sua boca, e o fogo entre eles foi ficando cada vez mais quente. Ela estava desesperada para sentir a pele nua dele contra a sua. Fazia muito tempo desde que estiveram juntos assim. De repente, ela sentiu os joelhos vacilarem e apoiou-se nele, lembrando-se de um acessório que ele possuía e o quanto era incrivelmente maravilhosa a sensação que causava quando ele a penetrava.

Eles continuaram a explorar e saborear a boca um do outro, enquanto suas mãos começaram a puxar as roupas, lutando com botões e zíperes até estarem completamente nus diante um do outro. Gabe a fitou por inteiro, com luxúria transbordando dos olhos, esbaldando-se com a visão do corpo nu dela, que tremia de desejo por ele.

— Eu preciso te perguntar uma coisa, Annie — ele começou, e então abaixou-se para tatear o bolso da calça jeans.

Annie também olhou para baixo, esperando vê-lo pegar uma camisinha, mas o que ela viu ao invés disso a fez ofegar alto. Gabe estava segurando um lindo anel de noivado de diamante. Ele ficou em um dos joelhos, com cuidado, e buscou a mão dela. Lágrimas correram pelo rosto de Annie quando ele começou a falar, sua voz falhando um pouco.

— Annie Chang, eu te perdi uma vez, e esse foi o pior erro da minha vida. Eu te amo mais que qualquer coisa ou pessoa nesse mundo, e quero passar o resto da minha vida ao seu lado. Eu já tenho uma casa aqui, e não é problema nenhum para mim me mudar para Las Vegas. Eu quero ter filhos, mas sei que a sua carreira vem em primeiro lugar agora, então estou disposto a esperar até que você esteja pronta para isso. Teremos muito tempo para começar a nossa família, mas o que mais importa para mim é nunca mais te perder. Por favor, diga que vai me fazer o homem mais feliz da face da Terra ao aceitar. Você quer casar comigo?

Algumas lágrimas caíram dos olhos de Gabe enquanto ele buscava na expressão de Annie a resposta para a pergunta mais importante que ele já havia feito a alguém em toda a sua vida. Annie mal podia acreditar que isso estava finalmente acontecendo. Não era o que ela esperava; era muito melhor.

— Sim — Annie disse, por fim, ao conseguir falar de novo. — Sim, é claro que eu quero casar com você!

Um sorriso enorme ameaçou rasgar o rosto de Gabe a qualquer momento diante da resposta dela. Ele deslizou o anel no dedo de Annie e a beijou antes mesmo que eles pudessem ficar de pé novamente. Antes que ela percebesse o que estava acontecendo, estava sendo erguida e carregada até a cama.

Logo a cabeça de Gabe estava entre suas pernas, a língua dele lambendo sua boceta, fazendo-a ofegar com as sensações. Ele a embeveceu de amor e ternura até fazê-la retorcer os dedos e gemer de prazer. Quando ele finalmente cobriu o corpo dela com o seu e se posicionou para penetrá-la pela primeira vez depois de mais de um ano, Annie estava mais do que pronta para ele.

Ele entrou nela devagar, fazendo-a arfar conforme a boceta apertada se adaptava ao redor do pau grande e grosso. E os piercings! Como ela podia ter esquecido como era gostoso sentir aquelas bolinhas de metal?

Annie gemia de prazer conforme seu noivo lindo e atencioso estocava dentro dela, e pensar que teria o melhor sexo da sua vida até que eles estivessem velhos e grisalhos a deixava em êxtase. Eles se moviam em uma sincronia perfeita, um levando o outro até cada vez mais perto do ápice. O orgasmo dele incitou o dela, e uma lágrima solitária desceu por sua bochecha quando ela gozou, segurando os braços dele com força ao olhar em seus olhos tão cheios de amor.

Depois que fizeram amor, Annie se aconchegou contra Gabe. Sua vida agora estava completa, e seu coração, satisfeito. Ela havia finalmente aprendido a se colocar em primeiro lugar, o que logo a tornou bem-sucedida.

E, por fim, ela havia reatado com o amor da sua vida, e tudo estava tão perfeito quanto possível. Ela tinha tudo o que poderia querer e mais ainda.

Annie não apenas ganhou o The Next American Superstar; ela ganhou também o homem dos seus sonhos.

FIM

AGRADECIMENTOS

Eu não estaria onde estou hoje, autopublicando meu terceiro livro, sem a ajuda de algumas pessoas incríveis.

Kimberly Knight, eu sei que já te agradeci muitas vezes por me apresentar à autopublicação e me ajudar a começar nesse meio insano, mas eu realmente não estaria aqui se não fosse por você. Obrigada por ser minha amiga há tantos anos. Sou muito grata por poder compartilhar essa jornada com você. Agora, eu preciso voltar ao SPA Burke Williams o mais rápido possível, porque nem consigo mais sentir a minha bunda depois de ficar tanto tempo aqui sentada, sem me mover, tentando finalizar este livro!

Christopher Neil, meu capista talentoso e amigo, obrigada por criar mais uma capa linda para mim. Sua ética de trabalho e sua criatividade sempre me deixam maravilhada. Espero poder continuar a criar muitas e muitas capas originais com você.

Angela Cook McLaurin, da Fiction Formats, obrigada do fundo do coração por fazer mágica acontecer dentro do meu prazo. Trabalhar com você durante toda essa série tem sido um prazer. Sempre enaltecerei você.

Às minhas garotas do More Words PR, muito obrigada pelo trabalho duro ao organizar a tour pelos blogs! Estou ansiosa para trabalhar com vocês novamente no futuro. Vocês são mulheres incríveis, e sou muito grata por tudo o que fizeram por mim.

Joey Luckay, meu colega de quarto e amigo, obrigada por estar ao meu lado e me ajudar na minha jornada em busca de uma vida melhor e mais saudável. Obrigada por me pressionar a escrever quando eu precisei finalizar esse livro! E desculpe por estar tão ocupada com o meu outro trabalho e com a tentativa de publicar este bebê a tempo. Eu prometo que ficaremos juntos mais vezes em breve!

Ellie McLove, do Love N. Books, e JL Brooks, obrigada por dar uma chance a esta simples autora independente e deixá-la fazer sessão de autógrafos no evento Love N. Vegas esse ano! Estou em dívida com vocês. Obrigada por planejarem um evento que tenho certeza de que será fabuloso e pelo qual tenho esperado ansiosa desde que ouvi falar sobre ele.

Ao meu time de divulgação, As HarteBreakers, obrigada por sua lealdade e torcida, mesmo que eu não esteja conseguindo participar tão ativamente do nosso grupo como gostaria. Sou eternamente grata pelo tempo que vocês dispõem para me ajudar a divulgar meus livros.

A todos os muitos autores que eu tive o prazer de conhecer e fazer amizade, seja pessoalmente ou não — ainda —, obrigada pela amizade e obrigada por me inspirarem a continuar escrevendo. Nós compartilhamos o amor pela literatura... e uísque Fireball, aparentemente! :) Continuem sendo incríveis e nunca esqueçam de que estamos todos juntos nessa. Sempre estarei aqui por vocês, meus adoráveis e talentosos amigos literários.

Audrey Harte